어 떤 불 시 착

일러두기

1. 이 책은 2023년 남북통합문화 콘텐츠 창작지원 공모 선정작으로,
   통일부 남북통합문화센터와 남북하나재단의 지원을 받아 제작되었습니다.

2. 이 책에 등장하는 인물들의 이름은 모두 가명입니다.

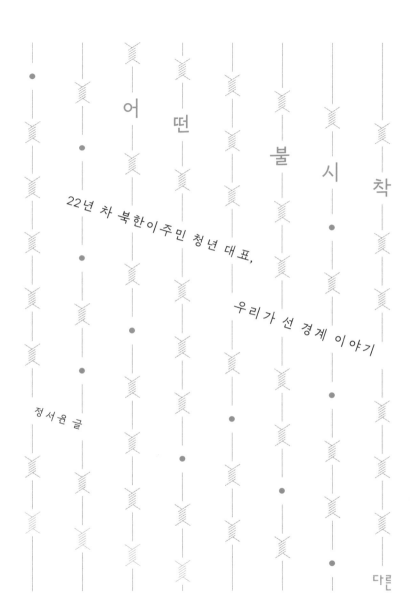

어 떤 불 시 착

22년 차 북한이주민 청년 대표,

우리가 선 경계 이야기

정서윤 글

다른

이방인에서
경계인으로

북한과 중국 사이에는 두 개의 강이 흐른다. 하나는 압록강이고 다른 하나는 두만강이다. 압록강은 깊고, 넓고, 물살이 세다. 두만강은 압록강에 비하면 폭이 좁고 수심이 얕은 곳도 많다. 낮에 중국 쪽에서 두만강을 보면 북한 주민들이 강가에서 빨래하는 모습, 굴뚝에서 연기가 피어나는 모습을 쉽게 볼 수 있다.

북한에 경제난이 닥치자 사람들은 살기 위해 두만강을 건넜다. 우리 가족도 마찬가지다. 1997년에 외할머니와 엄마가 먼저 돈을 벌러 두만강을 건너 중국으로 갔고,

뒤이어 외할아버지와 외삼촌이 건너갔다. 그리고 이듬해 1998년 4월 20일, 당시 열 살이던 나는 외삼촌의 등에 업혀 두만강을 건넜다. 이모와 외숙모는 네 살이었던 내 동생과 고작 10개월 된 사촌동생을 업었다. 출근을 해야 했던 아빠는 발각을 우려해 남아 있었다. 그때 우리는 다시 고향으로 돌아가지 못할 것이라고는 상상도 못했다. 아빠와의 이별이 평생의 이별이 될 것이라는 것을 그때는 몰랐다. 우리가 한국으로 오는 사이, 아빠는 지병으로 세상을 떠나셨다.

북한에서 중국으로, 중국에서 몽골로, 다시 몽골에서 남한으로 왔다. 1998년 4월 20일 북한을 출발해 2002년 6월 12일 남한에 도착하는 데 총 4년 2개월이 걸렸다. 하루하루 목숨이 왔다 갔다 하는 시간이었다. 두만강을 넘는 순간부터 생명의 위협은 시작됐다. 강을 건널 때 어른들은 혹시 모를 상황에 대비해 쥐약을 챙겼다. 다시 북한으로 잡혀가는 것보다 쥐약을 먹고 죽는 게 낫다고 생각했기 때문이다. 두만강 물에 몸이 반쯤 잠긴 내 동생은 겁에 질려 벌벌 떨면서 작은 목소리로 같은 말을 반복했다.

나 죽는다, 나 죽는다….

　　하나원에서 만난 나와 동갑인 친구의 다리에는 총알이 빗겨간 자국이 있다. 두만강을 넘는 과정에서 군인이 쏜 것이었다. 다행히 우리 가족은 북한군에 들키지 않고 무사히 강을 건넜다.

　　북한에서 남한으로 차나 비행기를 타고 오면 몇 시간이 걸릴까? 내가 주로 살았던 외가인 청진에서 서울로 차를 타고 온다면 6시간 정도 걸릴까? 그 길을 돌고 돌아 4년 2개월이라는 시간이 걸렸다.

* * *

남한에 도착했을 때 세상 모든 것을 얻은 것만 같았다. 불행 끝, 행복 시작인 줄 알았다. 그러나 우리에겐 생명의 위협이 아닌 또 다른 고난이 기다리고 있었다. 물론 목숨이 왔다 갔다 하는 것에 비하면 별일 아닐 수도 있다. 하지만 먹고사는 문제가 해결된다고 해도 자신이 불행하다고 생각하는 사람은 스스로 목숨을 끊기도 하니 사소한 문제라고 할 수도 없다.

심리학자 에이브러햄 매슬로^{Abraham. H. Maslow}는 인간의 욕구를 5단계로 나누었다. 1단계 생리적 욕구, 2단계 안전의 욕구, 3단계 애정과 소속의 욕구, 4단계 존경의 욕구, 5단계 자아실현의 욕구로 구성된다. 북한을 떠난 이유는 생리적 욕구를 충족하지 못해서다. 중국에서는 생리적 욕구는 충족했지만 안전의 욕구를 충족하지 못했다. 남한에 왔을 때는 생리적 욕구, 안전의 욕구는 충족했지만 3단계 욕구부터는 충족하기 어려웠다.

남과 북은 갈라져 있지만 같은 한韓민족이다. 남과 북으로 갈라지기 이전 우리는 다 같은 조선 사람이었고, 그 정신은 변함이 없다. 북한에선 남한과 북한을 '남조선, 북조선'이라고 부른다. 조선이든, 한국이든 서로 싸워도 결국 우리가 하나라는 것을 부정하지는 않는다.

그래서였을까, 나는 남한에 오면 당연히 환대받을 것이라고 기대했다. 그러나 얼마 지나지 않아 나의 기대는 환상이었다는 사실을 깨달았다.

두만강을 건너던 열 살짜리 소녀는 이제 서른여섯 살이 되었다. 남한 생활 22년 동안 나는 내가 남과 북 사이에 끼인 존재라는 것을 온몸으로 경험했다. 때론 버겁고 힘들었지만 그 애매한 정체성이 나를 특별하게 만들었다. 나와 같은 사람만 아는 것, 할 수 있는 것, 해야 하는 것이 있다는 생각이 들었다. 분단 트라우마를 치유하는 일, 갈라진 두 개의 한국을 잇는 일, 멀어진 남북한의 마음을 다시 연결하는 일을 하기로 했다. 그래서 석·박사 과정을 거치며 북한학을 공부하고, 대통령의 남북 문제를 돕는 민주평화통일자문회에서 일하고, 남과 북을 이을 미래세대를 육성하기 위해 NGO 단체 유니피벗 UNIPIVOT을 설립해 10년간 대표로 활동하고 있다.

　　나와 같은 경계인에게는 분단된 한반도를 좀 더 선명하게 볼 수 있다는 장점이 있다. 나는 그 장점을 살려 우리가 함께 사는 대한민국을 평화의 상징으로 만들고 싶다. 분단을 극복하면 대한민국은 훨씬 더 살기 좋은 나라가 될 것이라고 장담한다. 이 책은 분단된 한반도를 치유하고 우리 모두가 더 행복하게 살 수 있는 대한민국으로 나아가는 데 조금이나마 보탬이 되길 바라는 마음으로 썼다.

　　따뜻하게 응원해 주시고, 함께 걸어주신 분들께 늘 감사하다. 특별히 외할머니 한명숙 여사는 내가 경계인으로 건강한 정체성을 형성하는 데 지대한 영향을 미치신 분이다. 이 세상에서 나를 가장 아끼고 사랑해 주신 할머니에게 감사드린다.

2024년 5월

정서윤

1장

열네 살의

이방인

북한에 있을 때 나는 그저 평범한 시골 아이였다. 마당에서 닭도 키우고 개도 키우고, 토끼도 키웠다. 텃밭에서 여러 가지 남새(채소를 의미하는 북한말)를 재배하기도 했다. 주로 청진 외가댁에서 많은 시간을 보냈는데 바다 가까이에 있는 작은 마을이었다. 동네 사람들도 서로 다 알고 지내니 옆집에서 밥을 얻어먹는 것도 편했다. 안전에 대해 크게 신경을 쓴 적도 없는 것 같다.

북한에 있을 때 가장 가고 싶었던 곳이 평양이었는

데 결국 가보지 못하고 이곳 남한으로 왔다. 내가 가본 곳은 청진 시내, 길주, 회령이 전부다. 어른들도 고난의 행군[*]이 터지기 전에는 다른 지역으로 자주 이동하지 않았다. 흔히 말하는 여행이라는 개념은 남한에서도 경제 수준이 향상되면서 생겼으니 1980~1990년대에 북한에서는 여행을 생각하기 어려웠다. 여행은 그야말로 경제적 여유가 있어야 할 수 있는 것이었다.

여행은 나그네라는 의미를 가진 '여旅'와 다닐 '행行'이라는 한자가 합쳐진 단어이니, 내가 어쩔 수 없이 북한을 떠나 중국으로 가고, 몽골을 거쳐 남한으로 온 것 또한 여행이라고 할 수 있지 않을까. 원래 인생은 각자 계획하는 부분도 있지만 뜻하지 않은 일도 수없이 일어나니까 말이다.

중국은 내가 처음 가본 외국 땅이다. 얼굴은 나와 비슷하게 생겼지만 전혀 알아들을 수 없는 말을 하고 있는 사람들, 한 번도 먹어보지 못한 향신료 가득한 음식, 시

● 1990년대 중후반 북한은 자연재해와 국제적 고립으로 극심한 경제난을 겪었다. 당시 굶어 죽은 사람만 수십만 명에 이를 정도였다. '고난의 행군'은 이 위기를 극복하기 위해 내세운 구호이자, 당시를 가리키는 표현이다.

골에서 살던 나는 본 적도 상상한 적도 없는 길거리 풍경을 마주했다. 일단 중국은 공기의 냄새부터 다르다. 입는 옷도 다르고, 쓰는 말도 다르고, 집 구조도 다르다. 의식주 문화가 모두, 완전히 다르다. 비슷한 것은 외모뿐이다.

처음에는 말을 못 알아들으니 갑자기 바보가 된 것 같았다. 아무리 친절하게 말해도 외계어를 듣는 기분이었다. 언어가 통하지 않으면 나이가 많은 사람이라도 어린아이와 비슷한 상황에 놓인다. 게다가 우리는 가장 중요한 돈이 없었고, 불법체류자인데 언어를 모르니 위험한 상황도 눈치를 통해서만 알 수 있었다. 한민족은 눈치 문화가 발달해 그나마 다행이었다.

* * *

시간이 지날수록 조금씩 익숙해지기 시작했다. 6개월 정도 지나니 말도 들리기 시작했고, 음식도 적응하게 되었다. 번쩍이는 간판도 계속 봐왔던 것처럼 친숙해지기 시작했다. 중국말을 하게 되면서 친구도 사귀었다. 낮에는 다들 학교에 가니 친구들이 돌아올 때까지 기다려야 했다. 어렵게 친구를 사귀었지만 약간의 위험이라도 감지

되는 순간 이사를 했기 때문에 모두 일시적인 만남이었다. 친구와 이별할 때 느끼는 슬픔도 사치였다. 나와 가족의 생존이 달린 문제 앞에서 나머지는 모두 사소한 것으로 여겨졌다.

중국에서 4년을 살면서 이사를 족히 열 번은 넘게 했다. 동네에서 누가 잡혀갔다는 소문이 들리면 이사를 가고, 공안(경찰)이 마을을 돌아다니면 또 야반도주를 하고, 이모가 일하다 잡혀가서 남은 가족이 모두 도망치고, 이사를 해야 할 이유는 수도 없이 많았다. 세상만사 새옹지마라고 그렇게 많은 곳을 옮겨 다닌 덕분에 나는 세상이 얼마나 넓고 큰지 알게 되었고, 배운 것도 많았다.

중국은 56개 민족으로 구성된 다민족국가이기 때문에 더 그렇게 느꼈던 것 같다. 산둥성山東省과 네이멍구內蒙古 자치구 사람들이 사는 알렌 지역은 특히나 색달랐다. 네이멍구를 경험했는데도 2002년 몽골에 갔을 때는 그곳의 또 다른 모습에 적응해야 했다. 보호해 주는 곳에서 쌀밥을 줬는데 밥알이 모두 흩어지는 것도 모자라 이상한 냄새가 났다. 냄새를 맡아보니 양기름인 것 같았다. 밥을 먹기가 너무 힘들었다. 빵도 종종 나왔는데 먹을 만

하긴 했지만 주식으로 밥을 먹는 한민족의 특성상 여간 힘든 것이 아니었다. 하지만 갇혀 있었으니 음식을 가릴 처지가 아니었다. 내키지 않아도 배가 고파 어쩔 수 없이 먹었다.

몽골에 도착한 뒤 한 달이 지났을 무렵 어느 날이었다. 어느 정도 긴장이 풀린 우리는 부엌을 기웃거리기 시작했다. 그러나 아무리 봐도 한국음식으로 보이는 것은 없었다. 실망하던 찰나 엄마가 마당에서 민들레를 발견하고는 캐자고 했다. 신이 나서 민들레를 캐고 식초와 소금을 뿌려서 무쳐 먹었는데, 그 순간 세상에서 제일 맛있는 음식이었다.

당시엔 몽골에 한국이라는 나라가 잘 알려지지 않았었는데 요즘은 한국 편의점이 엄청 많이 들어섰다고 한다. 그때도 한국 편의점이 있었다면 음식 문제로 그렇게 고생하지 않았을 텐데 아쉽다. 물론 그 덕분에 지금은 어떤 외국음식도 다 잘 먹는 사람이 됐다. 태국에 가서 처음 똠얌꿍을 먹었을 때도 함께 간 남한 친구들보다 훨씬 빠르게 적응했다.

한 번도 들어보지 못한 새로운 언어를 접하고 학습

하는 경험을 통해 외국어에 대한 두려움도 사라졌다. 새로운 언어를 배우는 데에 가장 중요하지만 많은 사람이 잊고 있는 비밀도 알게 되었다. 이 책을 읽는 독자에게만 특별히 공개하자면, 그것은 바로 틀리는 것을 당연하게 생각해야 한다는 것이다. 모국어가 아닌 언어를 처음부터 잘하는 일은 누구에게나 불가능하다. 언어뿐만 아니라 모든 배움이 그렇다. 틀리기를 두려워하면 그만큼 배움이 늦어진다.

남한에 와서 생활에 필요한 거의 모든 것을 다시 배워야 했을 때 피난길에서 배운 교훈이 나를 지탱해 주었다. 세상은 정말 넓고 다양한 환경, 문화, 가치관을 지닌 사람들이 내가 모르는 어딘가에 늘 존재한다. 소크라테스는 "나는 아무것도 모른다. 그러나 내가 모른다는 걸 알고 있다"라는 말을 남겼다. 나는 소크라테스와 같이 위대한 철학자의 말을 듣기 전에, 내가 아는 것이 '새 발의 피'만큼이나 적을 수 있다는 것을 경험으로 배운 것이다.

북한을 떠나 중국·몽골·남한으로 오는 여행은 위험하고 힘겨웠지만 나를 더욱 단단하게 만들었다. 그리고 나는 경험주의자가 되었다. 앉아서 수학 공식을 외우는 것보다 세상을 탐험하고 더 많은 것을 배우고 싶었다. 정답이 있는 문제보다 정답을 예측할 수 없는 상황에 놓이는 것에 더 큰 흥미를 가지게 되었다. 외할머니는 "젊어서 고생은 사서도 하는 거야"라는 말을 자주했다. 아주 특별한 여행 덕에 나는 더 이상 고생이 두렵지 않은 사람이 될 수 있었다.

북한은 1990년대 중반부터 갑자기 배급이 잘 안 나오기 시작하면서 먹고살기가 힘들어졌다. 나중에 남한에서 공부를 하며 알게 되었는데, 사회주의의 중심인 소련이 무너지면서 동독과 북한으로 타격이 전해진 결과였다.

1995년인지 1996년인지 정확히 기억이 안 난다. 엄마와 함께 시장에 갔는데 시장 입구에 "오늘을 위한 오늘을 살지 말고 내일을 위한 오늘을 살자"라는 구호가 적인 현수막이 걸려 있었다. 어려서 무슨 뜻인지 이해가 안 가

엄마에게 무슨 뜻인지 물었다. 엄마는 쉬운 비유로 '쌀이 생기면 오늘 배고프다고 다 먹지 말고, 내일을 위해서 아껴 먹어야 한다'는 뜻이라고 말했다.

그 후 1996년 어느 날, 엄마와 또 시장에 갔다가 온몸이 비쩍 마른 내 또래의 아이를 만났다. 사실 그때까지만 해도 우리 가족은 굶지는 않았다. 동네 사람들도 마찬가지였던 것 같다. 그 아이는 언니, 엄마와 함께 있었다고 했다. 하지만 엄마가 두 아이를 모두 건사할 수 없게 되자 함께 일을 할 수 있는 큰딸은 청진 시내에 데려가고 작은딸은 고향 장마당(시장)에 두고 갔다는 것이다.

그나마 인심이 남아 있는 시골 마을에서도 뭔가 사러 오는 사람들이 들락거리는, 즉 조금이나마 여유 있는 사람들이 오가는 곳에 아이를 두고 가면 무엇이라도 얻어먹으며 살 것이라고 생각했던 것 같다. 하지만 아이는 이미 심한 영양실조 상태라 마을 사람들이 주는 음식을 먹으면 금방 토하고 배탈이 났다. 결국 그 아이는 몇 주 후부터 보이지 않았다.

그 전까진 북한에 살며 '꽃제비'라는 단어를 들어본 적이 없었다. 꽃제비는 북한에서 집을 나와 떠도는 아이들을 말한다. 나는 친구들과 종일 밖에서 뛰어놀다가 노을이 지고 집집마다 굴뚝에서 연기가 나면, 엄마들이 소리 높여 아이들의 이름을 부르는 소리에 동무들과 인사를 나누고 집으로 돌아갔다. 고난의 행군이라는 경제난이 덮치기 전까지 우리는 소꿉장난, 딱지치기, 줄넘기, 공기놀이, 술래잡기를 하며 뛰어노는 천방지축 철없는 아이들이었다.

1993년 북한은 중국의 지원이 대폭 줄고 가뭄과 홍수 등 자연재해까지 겹치면서 심각한 경제난을 겪었다. 가난은 결국 마을 전체, 국가 전체를 덮쳤다. 당시 북한 사람은 모두 국가에서 주는 배급을 받아 살았다. 1990년대 초부터 배급 횟수와 양이 서서히 줄었고, 1990년대 중반이 되자 완전히 멈췄다.

1970년대까지만 해도 북한이 남한보다 잘살았다고 한다. 나는 경험하지 못한 시대다. 갈라진 두 개의 한국은 1980년대 후반부터 완전히 뒤바뀐 길을 걸었다. 남한은 1988년 올림픽을 개최하면서 사회·경제적으로 성장 가도에 들어섰다. 북한이 경제적으로 자신감이 있었을 때 북한에서 중국으로 가는 길은 항상 열려 있었다.

외할머니의 말씀에 따르면 우리는 중국에 친척이 있었기 때문에 1970년대까지만 해도 허가를 받고 중국에 다녀올 수 있었다고 한다. 외할머니는 북한에서 많이 나는 명태를 중국의 친인척에게 주고 공산품을 가져왔다고 했다. 외할머니 집에 독일제 마선(재봉틀)이 있었는데 이것도 1970년대 중국 친인척을 통해 사왔다고 했다. 채색 TV(컬러 TV)도 있었는데 이 또한 중국에서 가져온 물품이었다.

경제난이 닥치자 북한은 세상 밖으로 향하는 문을 걸어 잠갔다. 경제적으로 어려워진 사람들은 북한을 빠져나가려 했고 이러한 탈출 행렬이 지속된다면 국가를 유지할 수 없을 테니 정부에서는 어떻게 해서든지 막으려고 했다. 지금까지도 북한의 문은 굳게 닫혀 있다. 북한과 중국은 1986년 〈국가 안보 및 사회 질서 유지를 위한 국경 협력 의정서〉를 체결했다. 이에 근거해 중국은 북한이주민(북한이탈주민)을 난민이 아닌 경제적 불법체류자로 분류하고 북한으로 강제 송환한다.

나는 두만강을 건넌 후 처음으로 국적이 없는 이방인의 삶이 어떤 것인지 피부로 느낄 수 있었다. 차가운

두만강 물을 건넌 순간부터 우리는 불법체류자가 되었다. 당시 열 살이던 나를 비롯해 네 살인 동생, 10개월짜리 사촌동생은 불법이라는 개념이 뭔지도 모르던 어린 나이였다. 어른들은 북한에서 왔다는 게 들키면 모든 가족이 경찰에 잡혀간다고 했다. 잡히면 북한으로 돌아가게 되고 그러면 총에 맞아 죽을지도 모른다고 했다.

일곱 살 때쯤 마을에서 공개처형이 집행될 예정이니 주민들에게 와서 보라는 안내방송을 들은 적이 있다. 호기심이 발동한 나는 어른들에게 공개처형을 보고 싶다고 했다. 어른들은 어린애는 그런 걸 보면 충격받는다고 가지 못하게 했다. 공개처형을 당하는 사람이 정확히 어떤 죄목이었는지 기억은 안 나지만 죽을 정도로 죄를 저질렀으니 처형되는 거라고 생각했다. 지금 생각하면 인권감수성이 없었다. 훗날 중국에서 불법체류 신분이라 경찰에 잡혀가면 죽을 수도 있다는 말을 들을 때마다, 나는 그때 들었던 공개처형이라는 단어가 떠올랐다.

태어날 때부터 깨끗한 물과 공기를 마셨던 사람은 깨끗한 물과 공기가 사라진 삶을 상상할 수 없다. 국적도 마찬가지다. 대한민국에서 태어나면 누구나 자연스럽게 얻는 것이 국적이다. 나도 북한에 있을 때는 국적을 가진 것이 너무나 당연해서 신분을 박탈당한 삶은 상상할 수 없었다. 국적이 없으면 교육을 받을 수 없다. 그것은 가난과는 비교도 안 된다. 아무리 가난한 아이어도 국적이 있다면 학교를 갈 수 있지만 국적이 없는 아이는 무슨 짓을 해도 학교에 갈 수 없다.

이동의 자유도 누릴 수 없다. 중국에서는 기차를 타면 수시로 신분증 검사를 한다. 타 지역으로 가서 호텔과 같은 숙박업소에서 잠을 자려면 여권이나 신분증으로 자신을 증명해야 한다. 그러니 북한에서 온 것을 들키지 않으려면 돌아다니지 말아야 한다. 짧은 거리의 버스는 괜찮지만 장거리 버스나 기차에서는 언제 어떻게 공안에게 신분검사를 당할지 알 수 없다. 당연히 비행기표도 못 산다. 신분증이 없으니 여권을 만드는 것도 불가능하기 때문이다.

먹고살려면 어른들은 일을 해야 한다. 하지만 일을 하려면 또 신분을 입증해야 한다. 어디에서 태어났고, 학교는 어디에서 다녔는지, 경력은 어떤지 등도 알려야 한다. 하지만 북한이주민은 그 무엇도 말할 수 없으니, 고용주는 불법체류자라는 걸 금방 눈치 챌 수밖에 없다. 어떤 사람들은 안타깝게 여기며 숨겨주기도 하지만 대개는 공안에 신고한다. 운이 좋아 채용이 되는 경우는 합법적인 신분을 가진 사람들보다 임금을 덜 준다. 먹여주고 재워주되 월급을 안 주는 경우도 많다. 그렇게 불이익을 당해도 불법체류자는 아무 말도 할 수 없다. 고용주는 나와 내 가족이 북한에서 온 것을 알고 있고, 언제든지 공안에 신고하면 우리는 북한으로 끌려가 큰 처벌을 받기 때문이다.

더 큰 문제는 집을 구하는 것이다. 불법체류자는 집을 계약할 수 없다. 한국에서도 마찬가지다. 월세를 계약하려 해도 신분증과 주민등록등본이 있어야 한다. 중국도 마찬가지다. 한국에서 말하는 주민등록등본을 중국에서는 '호구'라고 한다. 이 호구가 있어야 집을 계약할 수 있다. 그러다 보니 잠자리를 제공해 주는 일자리를 찾으면 모든 것이 해결된다. 하지만 집을 제공하든 일자리를 제공하든 북한 사람인 것을 알고도 숨긴다면 중국 사람도 처벌을 받게 된다. 반대로 북한 사람인 것을 공안에 신고하면 포상금을 받는다.

위험은 도처에 깔려 있었다. 게다가 우리 가족은 열 명이나 되는 대가족이다. 한 명은 어떻게 해서든 숨을 수 있지만 열 명을 숨겨주는 사람은 찾기 힘들다. 게다가 가장 어린 사촌동생은 태어난 지 10개월밖에 되지 않았으니, 우리가 감당해야 할 위험은 열 배 그 이상이었다. 우리가 만나는 모든 사람은 자연스럽게 경계대상이 되었다. 내가 공안에 노출되면 나만 위험에 처하는 것이 아니라 온 가족이 위험해졌다. 어느 누구도 믿을 수 없기 때문에 이웃과 친해질 수 없었고, 친구를 사귀기도 조심스러웠다. 존재하지만 존재할 수 없는 존재로 살아가는 것이다.

우리 가족은 2002년 중국에서 몽골로 건너갔다. 한국으로 가기 위해서는 한국대사관으로 들어가야 하는데 대사관 앞은 공안의 경비가 삼엄했다. 중국에 있는 한국대사관에 들어가려다가 누가 잡혔다는 소문도 많이 들었다. 결국 우리는 몽골을 거쳐 한국으로 가기로 했다. 다행히 성공했다. 몽골에 있는 한국대사관과 연락이 닿았고 우리를 보호시설로 안내했다. 한국 사람을 만나면 우리를 반겨줄 거라 생각했는데 대사관 직원은 쌀쌀맞았다. 우리 가족에게 등을 벽에 대고 일렬로 서라고 했다. 죄인이 된 것 같았다. 그의 입에서 나온 말은 나를 더 당황하게 만들었다.

여러분은 지금 신분이 없이 여기에 있는 것이기 때문에 여기에서 죽어 나가도 아무도 여러분을 보호해 주지 못합니다.

그동안 북한으로 돌아갈 수 없는 우리는 살기 위해 몸을 숨겨야 했고, 억울한 일을 당해도 자신을 위해 변호할 수 없었다. 먹고살기 위해 일을 하고, 안전한 곳에서 잠을 자고, 교통수단을 타고 이동하거나, 기초 교육을 받는 등 평범한 일상도 누릴 수 없었다. 어떤 부당한 상황에서도 맞서 싸울 수 없고, 그저 참고, 피하고, 도망치는 삶을 무려 4년이나 살아야 했다. 그래도 한국으로 갈 수 있다는 희망으로 버텼다. 그런데 우리를 보호해 줄 것이라 기대했던 동포에게 그런 말을 듣다니…. 방망이로 머리를 한 대 맞은 것 같았다.

살아가는 데에는 다양한 능력이 필요하다. 우리는 그런 능력을 부모님 또는 학교에서 배운다. 하지만 목숨이 위태로운 상황에서는 조금 다른 능력이 필요하다. 생존을 위해 가장 필요한 능력은 무엇일까? 정직함? 성실함? 수학이나 과학을 잘하는 능력? 혹은 외국어 실력? 나는 이 모든 능력보다 더 중요한 것은 순발력이라고 말하고 싶다.

중국에서 4년을 숨어 살면서 나는 어른들이 만들어 놓은 울타리 밖을 나가지 않았다. 하지만 이모는 달랐다.

꽤 신경을 곤두세우고 살았는데 1년이 조금 지났을 무렵 이모가 중국 공안에 잡혔다. 당시 이모는 재중동포(조선족) 사장이 운영하는 식당에서 일했다. 사장은 이모를 고용하면서 기존에 일하던 재중동포 아주머니 한 분을 해고했다. 해고를 당해 화가 난 아주머니는 이모가 북한에서 왔다고 중국 공안에 신고했다. 그 아주머니는 이모가 공안에 잡혀 북송되면 죽을 수도 있다는 사실을 알았을까? 거기까진 생각하지 못했을 거라고, 그저 홧김에 신고한 거라고, 신고하고도 조금은 미안하고 후회도 했을 거라고 생각하고 싶다.

　　철학자 한나 아렌트^{Hannah Arendt}는 《예루살렘의 아이히만》이라는 책에서 유대인 대학살에 가담한 아이히만을 분석하고 '악의 평범성'이라는 개념을 제시했다. 악은 아이히만처럼 자신의 행동 결과를 진지하게 사유하지 않음으로써 나타날 수 있고, 다른 평범한 사람들도 사유하지 않으면 아이히만과 똑같은 악을 저지를 수 있다는 메시지를 전달한다. 이모를 신고한 아주머니는 우리 가족에게 사유하지 않음으로써 발생한 '악'이었다. 우리는 이모가 북한으로 이송되기 전에 어떤 수단을 써서라도 빼내야 했다. 엄마는 며칠간 자지도 못하고 이리 뛰고 저리 뛰며 이모를 구하려고 했지만 결국 실패했다. 이모는 북한으로 넘겨졌다.

우리에게는 웃음이 사라지고 슬픔만 가득했다. 그러나 슬픔에 머무르는 일은 사치였다. 남은 가족마저 공안에 잡히면 큰일이기 때문에 우리는 슬픈 감정을 느낄 새도 없이 새로운 대안을 찾아야 했다. 외할머니의 친인척이 "여기로 가면 아무도 모르고 안전할 거야"라며 주소를 하나 줬다. 헤이룽장성黑龍江省에 위치한 인적 드문 시골이었다. 산속에 집 한 채만 덜렁 있었고, 그곳에는 70대 어르신이 혼자 살고 계셨다. 전기도 수도시설도 없었다. 벽에는 온갖 동물의 가죽과 뿔이 걸려 있었다. 마을이 없으니 사람도 없었다. 전에 있던 곳보다 몇 배는 불편했지만 적응하는 방법 외엔 선택지가 없었다.

다음 날부터 할아버지는 우리에게 그곳의 생활 방식을 알려주셨다. 삼촌들에게는 사냥총 사용법과 덫 놓는 방법도 알려주셨다. 나도 삼촌들을 따라 산에 가서 같이 덫을 놓았다. 토끼가 잡힐 때도 있고, 노루가 잡힐 때도 있었다. 여우는 똑똑해서 잘 안 잡히는데 덫에 걸리자 자기 발을 자르고 도망쳤다. 멧돼지를 잡기 위해서 땅을 파 두었는데 정말 멧돼지가 걸려들었다. 살아 있는 멧돼지를 사냥총으로 잡아 수레에 담아 끌고 온 적도 있다. 일부는 요리를 해서 먹고 일부는 할아버지가 먼 마을로 가져가 쌀, 밀가루, 양념, 채소, 과일 등과 바꿔 오셨다. 봄·여름·가을은 그런대로 살 만했는데 겨울은 물이 모두 얼어서 힘들었다. 꽁꽁 얼어붙은 강가로 가서 도끼로 얼음을 깨서 담아 왔다. 그러면 그걸 녹이고 끓여서 마시는 물로 쓰고, 씻고, 빨래하는 물로도 사용했다. 당시엔 고생이라 생각했는데 지금 돌이켜보면 그 또한 추억이다.

산골에서의 삶도 익숙해질 무렵 이모가 다시 탈북해 중국으로 왔다는 소식을 들었다. 조상이며 신이며 보이지 않는 모든 존재에게 감사했다. 1년 만에 만난 이모는 생각보다 때깔이 좋았다. 다시 돌아온 것도 신기했는데 많이 고생했을 거라고 생각했던 것과 다르게 너무 말짱하게 돌아와서 온 가족이 놀랐다. 처음 중국에 다녀와서 밤새 이야기보따리를 풀었듯이 이번에도 이모는 손에 땀을 쥐고 들을 수밖에 없는 이야기를 며칠에 걸쳐 들려줬다.

이모는 공안에 잡혔을 때부터 어떻게 도망칠지 머리를 굴렸다. 공안에서는 도망치기 어려웠고, 대신 중국 감옥에 있을 때 한 여자를 만났는데 그 여자가 100달러짜리 지폐를 열 장 정도 가지고 있었다고 한다.

이모는 살아남으려면 돈이 있어야 한다고 생각했다. 이런저런 이야기를 주워들은 이모는 그 여자에게 다가가 지금 그 돈을 제대로 보관하지 않으면 북한에 도착했을 때 모두 뺏길 거라고 말했다. "언니 그러면 어떻게 해요?"라고 묻는 그 사람에게 이모는 돈을 최대한 작게 돌돌 말아서 비닐에 꽁꽁 감싼 다음 삼키라고 조언했다. 본인을 도와준 같은 처지의 이모에게 그 여성은 100달러 한 장을 건넸다. 둘은 중국을 떠나기 직전 돈을 삼켰다. 북한에 이송된 다음에는 각자 고향으로 가 처벌을 받게 될 판이었다. 이모 집은 청진이라 중국에서 출발하면 금방 도착할 것이었다. 이모는 함께 있던 사람들에게 귀동냥으로 들은 정보로 다른 사람의 신분을 댔다. 가능한 한 국경에서 먼 남쪽 지역을 말했다.

당시 북한의 기차는 느리고 중간중간 멈추는 일도 많아 이동 중에 충분히 도망칠 수 있는 기회를 잡을 수 있을 거라고 생각했다. 다행히 이모는 도망치는 데 성공했다. 바로 다시 중국으로 가려고 했으나 몸도 마음도 지쳐서 휴식이 필요했다. 성급하게 시도하다가 잡히면 더 큰 처벌을 받을 수 있기 때문에 조심 또 조심해야 했다.

일단 옷부터 갈아입어야 했다. 그러려면 돈이 필요했다. 이모는 삼켰던 돈을 찾기 위해 변소(화장실)로 향했다. 고통스럽게 볼일을 보고 그 속에서 돈을 찾았다. 목숨을 구하는 것 앞에서 그 정도 더러움은 아무것도 아니었다. 시장에 가서 비싸 보이는 옷을 사 입었다. 큰삼촌 집으로 가야 하는데 남루한 차림으로 가기 싫었다고 했다. 큰삼촌 가족에게 줄 선물까지 들고 가서 한동안 몸을 숨겼다. 1990년대 말 100달러는 상당히 큰돈이었다.

이모는 내 상상을 초월하는 임기응변이 있다. 만약 내가 이모와 같은 상황이었다면 그런 요령을 부릴 수 있었을까? 나는 이모보다 더 오래 공부했지만 이모와 같은 창의성과 순발력은 발휘하지 못했을 것 같다. 수도 없이 생각했다. 내가 만약 북한에 잡혀갔다면 어땠을까? 돈을 삼킬 생각도 못했을 것이고, 했다고 해도 다른 사람의 신분을 거짓으로 말하는 것, 중간에 도망치는 것 모두 하기 힘들었을 것이다.

　북한에 경제난이 닥치고 일순간 많은 사람이 죽어
나갔다. 사람들은 그들을 "착한 바보"라고 했다. 국가에
서 운영하는 공장에서 백날 일해도 배급은 안 주면서 정
부는 사람들에게 기다리라고만 했다. 정부가 하는 말만
듣고 착실하게 기다렸던 사람들은 굶어 죽었다. 국가의
통제에 반기를 들고 불법으로 국경을 넘은 사람들은 목
숨을 구했다. 내 고리타분한 성격은 아빠를 닮았는데, 그
래서였을까 친가 친척들은 모두 굶주림을 버티지 못하
고 죽었다.

중국에서의 4년

중국에서 생활하는 4년 동안 가장 힘들었던 것은 중국 사람인 척 계속 거짓말을 해야 한다는 것이었다. 밥을 먹는 데에도 불만이 없었고, 누추한 집에 사는 것도 괜찮았다. 가장 아쉬운 점은 학교에 못 가는 것이었지만 거짓말을 하는 것보단 견딜 만했다. 거짓말을 하고 나면 마음속에 죄책감이 쌓여서 힘들었다. 나는 유독 거짓말을 싫어하는 아이였다. 살기 위한 어쩔 수 없는 선택이지만 여전히 마음이 불편했다.

중국에서 사는 동안 외할머니는 내가 어른들을 보호

해야 한다고 했다. 동생은 너무 어렸다. 아이들 중에서는 내가 제일 컸는데 외할머니는 늘 나에게 똑똑하다고 칭찬하며 중국어도 빨리 배울 수 있다고 했다. 중국어를 빨리 배워 중국 아이들과 잘 어울리면 다른 아홉 명의 가족도 북한에서 왔다는 의심을 받지 않을 거라고 했다. 4년 동안 중국에 살면서 가족 모두의 안전이 마치 어린 내 작은 어깨 위에 놓인 것처럼 느껴졌다. 그 누구에게도 말한 적 없지만 상당한 부담을 느꼈다. 당시 나에게 거짓말은 가족을 책임지는 일이었고 거짓말을 하지 않아도 된다는 것은 자유를 의미했다.

한국에 와서 이 나라의 국민이 된다는 것은 내가 더 이상 중국어를 하면서 중국 사람인 척 거짓말을 하지 않아도 된다는 뜻이었다. 이제 드디어 가족을 지켜야 한다는 무거운 짐을 내려놓고 다른 또래 친구들과 마찬가지로 그 나이에 해야 하는 공부를 하고 그 나이에 마땅히 놀수 있는 자유를 얻었다는 의미였다. 물론 이런 경험을 나만 특별하게 한 것은 아니다. 한국에 와 있는 북한이주민 모두가 겪은 공통의 경험이고 북한을 나와 국적을 취득하지 못한 사람들이 지금 이 시간에도 매일 겪는 일이다.

학교에 갈 수 없던 나는 대부분의 시간을 집안일로 보냈다. 이모가 북한으로 잡혀간 이후에는 온 가족이 시골 마을만 찾아서 돌아다녔다. 같이 놀 또래 친구가 하나도 없었다. 매일 아침 책가방을 메고 학교로 가는 아이들에게 눈을 떼지 못하고 하염없이 바라보기만 했다. 이사를 하도 많이 다녀서 어느 지역인지 기억은 안 나는데, 학구열이 높은 외할머니가 여섯 살 된 동생을 유치원에 보내기 시작했다. 나는 동생보다 여섯 살 많았으니 초등학교에 가야 하지만 학교에는 호구를 제출해야 했기 때문에 갈 수 없었다. 유치원에 가는 동생이 너무나도 부러웠다. 매일 동생을 따라 유치원에 가서 동생이 수업을 듣는 동안 나는 마당에서 혼자 놀았다. 가끔 창문으로 흘러나오는 소리를 따라 하기도 하고, 칠판에 쓰인 내용을 엿보고 마당에 써보기도 했다.

노 부부 선생님이 유치원을 운영했는데 밖에서 무료하게 동생을 기다리는 나를 안타깝게 생각하시고 외할머니에게 "얘도 유치원에 와서 공부하면 어때요?"라고 제안을 해주셨다. 나보다 한참 어린 아이들과 함께 공부했지만 행복했다. 원장님은 우리의 신분을 궁금해하지 않으셨다. 나는 그저 공부를 좋아하는 아이였고, 원장님은 그런 나를 기특해할 뿐이었다.

　이제는 시간이 많이 흘러 그분들의 얼굴이 기억나지 않는다. 중국에 사는 동안 사람들에게 많은 상처를 받았지만 또 한편 유치원 원장님들처럼 묻지도 따지지도 않고 도와주신 분들이 있다. 2년이 채 안 되어 우리는 또 다시 이사를 했다. 유치원에서 배웠던 책으로 혼자 공부했지만 전처럼 재미있지 않았다. 어린 나이였지만 하고 싶은 게 있다고 해서 다 할 수 없다는 것을 알았기 때문에 떼를 쓰지도 못했다. 심리학에선 나처럼 어린 나이에 어른처럼 행동하는 아이들을 '어른아이'라고 한다.

　대다수의 북한이주민은 압록강과 두만강을 넘어 중국으로 간다. 아주 일부 사람들은 비무장지대DMZ를 건너거나 바다를 수영해 남한으로 바로 오기도 한다. 중국으로 간 북한이주민들은 짧게는 1개월, 길게는 10년 혹은 그 이상의 시간을 거쳐 한국에 온다. 물론 중국에 남아 있거나 중국에서 한국이 아닌 미국·영국·캐나다·노르웨이 등 제3국을 선택하는 경우도 있다.

　우리 가족이 북한을 나온 1997년은 북한이주민이

남한으로 가기 위해 맨땅에 헤딩하는 시기였다. 북한에서 왔다는 걸 누구에게도 알리지 않으면서 신분이 없는 상태에서 한국으로 오는 방법을 찾는 것은 모래사장에서 다이아몬드를 찾는 것만큼 어려운 일이었다. 어떤 정보도 없이 매일 한국에서 중국과 북한으로 송출하는 라디오를 듣거나 친인척을 통해 알아봐 달라고 의뢰하는 것이 전부였다. 그렇게 정보를 획득하는 것도 우리처럼 중국에 친인척이 있는 사람이나 가능한 일이다. 그렇지 않은 사람들은 중국에서 우리보다 몇 배는 더 힘든 삶을 산다.

* * *

지금도 전 세계 곳곳에 자신이 태어난 나라를 벗어나 다른 나라에서 불법으로 체류하는 사람들이 있다. 한국에도 마찬가지다. 대한민국 국적이 있는 우리에겐 보이지 않지만 어느 사회에나 사각지대는 존재하고 그 사각지대에는 우리 눈에 보이지 않지만 자신의 안전을 위해 숨어 사는 존재들이 있다. 나도 이제 안정이 되다 보니 남한에도 그런 사람들이 있다는 것을 종종 잊고 산다. 누구든 자기 일이 아니면 크게 생각하지 않는 것이 당연하다. 그럼에도 잊지 않으려 노력한다. 북한에 있는 존재들, 중국에 있는 존재들, 또 남한에서 어렵게 살아가고 있는 존재들까지⋯. 우리는 모두 같은 '사람'이니까.

MBTI 테스트를 하면 나는 ESTJ가 나온다. 대체로 리더십이 강한 성향이라고 한다. 지금은 외향적인 성격이지만 한국 입국 초기에는 무척 소심했다. 물론 남한으로 오기 전에는 조용히 아이들을 진두지휘하는 성향이었다. 외할머니가 심부름을 시키면 혼자하기 싫어 동네 아이들을 모으고 좋아하는 인형을 만들어 줄 테니 일을 도와달라며 거래하기도 했다. 시골 에서는 인형을 쉽게 살 수 없었기 때문에 내가 직접 만든 인형은 상당히 인기가 많았다.

중국에서도 처음 만난 아이들과 금방 친해졌고 내가 짠 놀이 계획에 따라 함께 놀았다. 말이 잘 안 통하는 중국에서도 아이들과 잘 어울렸는데 남한으로 온 후에는 친구를 사귀는 것이 가장 어려운 일이 되어버렸다. 한동안은 계속 위축되었다. 학교에 가면 다들 나를 신기하게 쳐다봤고, 내가 영어를 못하는 줄 알고 벽에 'SEX'라고 크게 써놓고 읽어보라며 짓궂은 장난을 쳤다. 수업 시간에는 이해하지 못하는 내용이 많았다. 매일매일 움츠러들었다.

남한으로 오기 전까진 나는 스스로 뭐든 할 수 있는 사람이라고 생각했다. 어린 시절 외할머니와 많은 시간을 보냈는데 외할머니는 내가 하는 모든 일에 칭찬을 해주셨다. 외할머니가 칭찬을 할수록 나는 신나서 더 열심히 했다. 북한에 있을 때는 학교를 많이 못 다녔다. 1994년 북한의 지도자였던 김일성이 사망했다. 이후 1996년부터 고난의 행군이 시작되면서 학교에 갈 수 없게 되었다. 학교에 가는 것보다 어른들을 도와 어린 동생들을 돌보는 일이 중요했다. 그래도 중국에서는 틈틈이 자습을 했다. 학교는 못 다녔어도 자존감 높고 자신감도

넘치는 아이였다.

　공안의 눈을 피해 시골에서 살 때는 유치원에 가서 나보다 한참 어린 아이들과 공부했다. 외할머니와 외할아버지 두 분 모두 교육자셨다. 외할머니는 내가 동네에서 뛰어놀아도 오늘 친구들에게 뭘 배웠는지 물어보고 잘 배웠다고 "우리 손녀는 역시 총명하다"라며 칭찬을 아끼지 않으셨다. 외삼촌들에겐 혼도 많이 났지만 외할머니는 항상 내 편이셨다. 외할머니 덕분에 난 단 한 번도 내가 공부를 못하는 아이라고 생각하지 않았다. 그래서 남한에 와서 국어 시간에 글을 읽지 못해도 나는 내가 바보여서가 아니라 단지 기회가 주어지지 않았다고 생각했다. 중국에서 생활한 지 2년 반 정도 지났을 때 나는 이미 원어민 아이들과 구분이 안 될 정도로 중국어를 잘했다. 도장을 깨듯 동네 아이들을 찾아가 토론 배틀을 하고 이기고 돌아와 온종일 우쭐해 있었다.

　한국에 와서 한글을 읽지 못할 때도 외할머니는 걱정을 하셨지만 동시에 "우리 손녀는 중국에서도 말을 금방 배웠으니 여기서는 더 금방 배울 거다"라며 믿어주셨다. 그래도 학교에 가면 모두 나를 무시하는 것 같아 위축되고 스트레스를 받았다. 남한에서 태어났더라면 다른 친구들 못지않게 잘했을 것 같았다. 하지만 주저앉아 한숨만 쉴 수는 없었다. 내가 바꿀 수 없는 지난 과거를 아쉬워해도 소용없었다. 남들 하는 것보다 열 배는 더 열심히 해야 부족한 부분을 채울 수 있다고 생각했다. 다행히 탈북 청소년을 위한 방과 후 학교에 가서 도움을 받고, 지역 복지관에서 연결해 주는 과외선생님의 도움도 받아 부족한 학업을 채워갈 수 있었다.

* * *

초등학교 6학년을 4개월만 다니고 중학교에 입학했다. 2학년 1학기가 지날 무렵 반에서 중간 정도의 성적을 받기 시작했다. 중학교 2학년 담임 선생님은 반 아이들 중에 뒤에서 3등이었던 내가 갑자기 중간 이상을 하니 기특해하셨다. 선생님은 우리 집 가정형편도 아셔서 다문화 청소년들에게 주는 장학금을 연결해 주셨다. 성적이 떨어지면 못 받게 되는 장학금이라고 해서 그 후로 더 열심히 공부했다. 공부는 힘들지만 재미있었고 내가 좋아하는 공부를 할 수 있어 행복했다. 아이들도 더 이상 나를 무시하지 않는 것 같았다.

북한에서 온 건 이미 다 알려진 사실이니 나를 어떻게 생각하건 나는 내 인생을 살면 된다고 다짐했다. 공부에 관심을 가지니 주변에 모범생 친구가 많아졌다. 재미는 없어도 결이 잘 맞고 엇나간 행동을 하지 않아서 좋았다. 외할머니는 공부 외에도 내가 삶의 지혜를 깨우치도록 해주신 분이셨는데 "서윤아 친구 따라 강남 간다는 말이 있어, 친구가 좋은 일을 하면 같이 좋은 일을 하게 되고 친구가 나쁜 곳에 빠지게 되면 같이 나쁜 곳에 빠진다는 뜻이야"라고 하셨다. 그래서 나는 재미없지만 열심히 공부하는 친구들과 어울렸다. 대학교에 갔을 때도 내 친구들은 다 모범생이었다. 석사를 마치고 박사 과정에 갔을 때도 내 주위에는 순수하고 착한 사람이 많았다. 성적이 오르고 한국생활에 익숙해지면서 자신감을 얻고 다시 내 모습을 찾았다. 하지만 착한 모범생들하고만 어울린 탓인지 유머감각을 못 키웠다. 내 주변 사람들과 나를 비교하면 또 그렇게 재미없는 것도 아니니 그나마 다행이다.

* * *

북한에는 학원이 없다. 대학교까지 무상교육이고 사교육은 국가에서 인정하지 않는다. 과외도 없었는데 지금은 생겼다고 한다. 물론 불법이다. 남한에서도 과외를 금지하던 시기가 있었다. 전두환 신군부는 1980년 7월 30일, 이른바 '7·30 교육개혁 조치'를 내놓으며 과외 전면 금지를 선언했다. 그러다가 1989년 방학 중 학원 수강이 허용되고 1991년엔 학기 중 수강도 허용됐다. 과외 금지는 2000년 헌법재판소에서 위헌 판결을 받았다. 남과 북은 닮아서인지 과거 남한의 모습에서 현재 북한의 모습이 보일 때가 있다. 남한은 88올림픽을 계기로 많은 변화가 있었다. 북한도 그런 계기가 생겨 더 자유롭고 민주화되면 좋겠다.

여하튼 북한에는 학원이 없기 때문에 남한 친구들이 모두 학원에 다니고 있을 거라고는 상상도 못했다. 중학교 1학년 때 친구한테 중간고사를 어떻게 준비하면 되는지 물었다. 친구는 그냥 평소에 하는 것처럼 편한 마음으로 공부하면 된다고 했다. 정말 평소와 같이 아주 편하게 공부했다. 그리고 첫 성적표를 받은 나는 한동안 충격에 정신을 차리지 못했다. 분명 친구가 하라는 대로 했는데 친구는 반에서 상위권이었고 나는 하위권이었다. 대학에 간 후에야 알게 됐다. 남한 친구들은 잘난 척하지 않으려고 "교과서만 열심히 보고 공부했어요"라고 말한다는 사실을. 아무것도 몰랐던 나는 곧이곧대로 믿었던 것이다.

패닉에 빠져 있던 어느 날 수업이 끝날 무렵 선생님이 학원 다니는 사람은 손을 들어보라고 했다. 우리 반에서 꼴찌부터 나까지 세 명만 빼고 모두 손을 들었다. 나를 제외한 두 명은 학업을 포기한 친구들이라 문제를 풀지도 않고 OMR카드에 답을 한 줄로 찍었다. 우리는 35명 중에 나란히 33·34·35등을 했다. 나는 공부를 했는데 그 아이들과 비슷한 결과가 나온 거라면 뭔가 단단히 문제가 있는 거라고 생각했다. 자존심도 상했다. 다른 애들처럼 학원에 가면 내 성적도 오를 것 같았다.

북한에서 온 지 얼마 안 된 우리는 딱 봐도 가난했다. 공부를 하겠다고 하나원*에 있는 선생님에게 전화를 걸어 매일 몇 시간씩 통화하다가 휴대폰 요금이 60만 원이나 나오는 바람에 엄마한테 크게 혼났다. 내가 게임머니를 결제한 것도 아니고 공부하겠다고 내 나름의 노력을 했던 건데 혼나기만 했다. 그 후로 엄마의 휴대폰을 만질 수 없게 됐다.

혼자 학원을 찾아봤는데 너무 비쌌다. 나는 한 과목만 필요한 상황이 아니라 국어·영어·수학·사회·과학 다섯 개 과목 모두 학원에서 공부하고 싶었다. 남한 사회를 잘 모르는 엄마를 대신해서 혼자서 모든 정보를 찾아봤다. 친한 친구는 엄마가 학원에 직접 가서 수업도 듣고 상담도 해서 그중에 가장 적합한 학원을 골라 등록을 해 줬다는데 나는 직접 찾아야 했다. 그러던 어느 날 방과 후 학교를 갔는데 옆 학원 원장님이 탈북 청소년들에게 관심이 많아 학원비를 50퍼센트 할인해 주기로 했다는 소식을 들었다. 때마침 내가 찾던 종합학원이었다. 당시 학원비가 월 50만 원이었는데 할인을 받으면 25만 원에 다닐 수 있었다.

학원 광고 전단지를 들고 가서 엄마에게 학원에 보

● 하나원의 정식 명칭은 '북한이탈주민 정착지원사무소'다. 북한이주민은 남한에 입국하면 바로 국정원에서 신원 조회를 한다. 신원 조회가 끝난 후 하나원으로 이관되어 12주 동안 한국 사회 이해 및 정착 교육을 받는다.

내달라고 했다. 엄마는 "공부는 스스로 하는 것이지 돈까지 내면서 다른 사람에게 추가로 배우는 것은 말도 안 된다"라고 했다. 학교에서 이미 훌륭한 선생님들에게 공부를 배우고, 학교 끝난 후에는 방과 후 학교도 가고, 복지관에서 연결해 준 과외 선생님과도 공부를 하고 있으니 충분하다고 했다. 말로 엄마를 설득하다가 지쳐서 울기 시작했다. 엄마가 가는 곳마다 쫓아다니며 울었다.

결국 엄마는 없는 살림에 나를 학원에 보내기로 했다. 어렵게 다니게 된 만큼 엄마에게 좋은 결과를 보여주고 싶었다. 내 말이 틀리지 않았다는 것을 증명하고 싶었던 것 같다. 다행히 학원을 다닌 후에 성적이 올랐다. 1년을 다니고 어느 정도 공부 방법을 터득한 후에는 이제 혼자 할 수 있을 것 같다고 말하고 학원을 그만뒀다.

공부도 익숙해졌고, 친하게 지내는 친구들도 생겨서 학교 다니는 것이 힘들지는 않았다. 그래도 내가 친구들보다 두 살 많다는 것은 늘 고민되는 부분이었다. 아무리 성적을 올려도 두 살이 많으니 스스로 공부를 잘한다고 생각하기 어려웠다. 검정고시를 보면 2년을 단축할 수 있다는 걸 알게 됐다. 중학교 3학년 때 학교를 그만두기로 했다. 학교를 그만두고 6개월의 공백이 있어야 검정고시를 볼 수 있기 때문에 시기를 잘 선택해야 했다. 주변 사람들이 만류할 틈도 없이 단호하게 학교를 그만뒀다. 2006년에 중학교 검정고시, 고등학교 검정고시를 모두 보고 8월 중순부터 대학에 원서를 넣어서 2007학번이 되었다.

나는 검정고시를 치른 것을 후회하지 않는다. 물론 대학에 들어간 후에는 "왜 그렇게 조급했을까?"라는 생각을 한 적도 있다. 그래도 내 결정에 스스로 책임지기로 했고 충분히 고민한 후에 내린 결정이기 때문에 후회하지 않는다. 스스로 결정을 내리면 다른 사람이 억지로 떠밀어서 했을 때보다 열 배는 더 큰 힘이 생긴다. 엄마에게 고마운 것은 나에게 공부를 강요하지 않은 부분이다. 외할머니는 항상 내가 어떤 공부를 좋아하는지 물어봐주셨다. 두 분께 감사하다. 앞으로 내가 아이를 낳는다면 외할머니처럼 아이가 무엇을 좋아하는지 묻는 사람, 엄마처럼 아이가 원하는 것을 스스로 결정할 수 있도록 응원하는 사람이 되고 싶다.

한글도 제대로 못 읽던 나는 국어 선생님이 되겠다

고 사범대에 진학했다. 4학년 때 내가 다녔던 중학교로 교생실습을 갔다. 좋기도 하고, 벅차기도 하고, 실수하지 않을까 걱정하기도 하고, 나를 가르쳤던 선생님들과 만나면 나를 보시고 어떤 생각을 하실지 궁금해서 마음이 복잡했다. 미술 선생님은 내 이야기를 미리 들으시고 "북한에서 온 친구가 있었는데 옛날엔 정말 공부도 못하고 소심했다, 얼마 후에 우리 학교에 교생으로 온다, 사람 일은 어떻게 될지 모른다, 그러니 지금 주변에 볼품없는 친구가 있어도 절대 무시하면 안 된다"라고 말하셨다고 한다. 나도 신기하다. 책가방을 메고 등교하는 아이들을 보며 한없이 부러워했던 내가 지금은 박사 공부까지 하고 있으니 말이다.

어
떤
불
시
착

《어린 왕자》에서 어린 왕자
는 새로운 별을 돌아다니며 탐험한다. 하지만 나는 어린
왕자보다 사막에 불시착한 비행기 조종사의 처지에 가
까웠다. 그 또한 정해진 운명과 같은 여행이었는지 모르
겠다.

심리상담에서는 초기 기억을 중요하게 여긴다. 내가
기억하는 최초의 순간, 뇌리에 박힌 기억이다. 이 초기기
억은 과거와 현재를 연결하는 열쇠로써 현재의 나를 이
해하는 데 유용한 정보를 제공한다.

미디어에 나온 북한이주민들에게 남한에 처음 왔을 때의 기억을 물으면, 다수가 인천공항에 도착했을 때의 화려한 모습을 떠올리며 이야기를 시작한다. 당연히 한국이라는 나라에 대한 나의 초기기억도 인천공항에서 시작한다. 그렇지만 내 기억은 조금 다르다. 나는 인천공항의 번쩍이는 모습을 감상할 여유가 없었다. 북한에서는 소달구지만 타봤고, 중국에서도 사람들을 피해 숨어 다니느라 차 없고 공기 맑은 곳에서만 살았다. 그래서인지 어떤 것이든 움직이는 물체에 몸을 실으면 멀미를 했다. 몽골에서 난생처음 비행기를 타고 한국으로 왔는데, 공항으로 가는 길, 비행기 탑승 후, 엘리베이터 이동 시, 심지어 무빙워크를 타면서도 토했다. 족히 다섯 번은 토한 것 같다. 아무리 멋지고 화려해도 눈에 들어올 수 없는 상태였다. 북한이주민 중에는 나처럼 멀미가 심한 사람이 많다. 한동안 지하철을 타도 어지럽고, 버스를 타도 어지러웠다.

토하느라 정신이 하나도 없는 상태에서 밖으로 나오니 바로 국정원에서 나온 차가 우리 가족을 기다리고 있었다. 긴장해서 몸에 난 털이 모두 곤두섰다. 검은색 정장을 입은 이름 모를 남자들이 우릴 어두운 승합차에 태웠다. 커튼이 처진 차에 올라타자 또 멀미를 했고 나는 그냥 눈을 감아버렸다. 몇십 분을 이동해 국정원에서 마련한 시설에 들어갔고 그곳에서 가족과 분리되어 조사를 받았다. 2002년 월드컵이 한창이었지만 조사받는 동안 바깥 구경은 하지 못했다. 시끄러운 응원 소리를 창틈 사이로 듣거나 TV를 통해 보는 것이 전부였다. 국정원 직원은 A4용지 200매를 가족 모두에게 각각 나눠 줬다.

태어나서부터 지금까지 있었던 일을 자세히,
기억나는 대로 모두 작성하세요.

우리는 지은 죄도 없이 긴장했다. 만약 사실과 다른 부분이 있으면 전기의자에 앉혀 진실 여부를 검증한다는 소문을 들었기 때문이다. 다행히 조사는 무사히 끝났다.

6월 12일 한국에 도착했고, 국정원에서 3주 정도 조사를 받고 하나원에 가서 12주간 교육을 받았다. 글자 그대로 하면 인천공항에 도착했던 날이 남한에 대한 첫인상이 만들어진 날이지만 나에겐 2002년 9월 3일 하나원을 나와 서울에 있는 임대주택에 입주했을 때가 남한이라는 별에 제대로 떨어진 느낌이었다.

인천공항에서는 정신이 없었고 국정원에서는 혹여나 조사가 잘못되어 중국으로 돌려보내지는 것은 아닌지 불안했다. 하나원에서는 감옥 아닌 감옥에 갇혀서 답답했지만, 북한에서 온 사람들과 같이 있어서 안정감이 느껴졌다. 외조부모님은 외증조할아버지 고향인 전주에서 살게 되었고, 막내 외삼촌 가족은 북한과 가까운 강원도에 살게 됐다. 이모는 고향인 청진처럼 바다가 좋다고 부산에 살기로 했다. 다섯째 외삼촌은 우리와 같이 서울에 있는 집을 받았지만 서울이라고 해도 서로 끝에서 끝에 살게 됐다. 4년간 열 명이 서로를 보호하기 위해 한 팀으로 똘똘 뭉쳐 다녔었는데 갑자기 모두 뿔뿔이 흩어졌다.

* * *

엄마, 나, 동생은 처음으로 남한의 임대주택 문을 열고 들어갔다. 하나원에서 준 생필품 가방 하나만 가지고 텅

텅 비어 있는 20년가량 된 임대아파트에 덩그러니 던져
졌다. 입주 청소도 안 된 낡은 아파트는 어린 내 눈에 초
라하기만 했다. 게다가 내가 그때까지 살았던 집 중에 제
일 작았다. 가장 큰 문제는 내 상상 속의 집이 아니었다
는 것이다. 나는 중국에 있을 때 종종 한국 드라마를 봤
다. 그리고 한국에서 북한이주민의 삶을 이야기하는 라
디오도 들었다.

　　열네 살 어린아이의 머릿속 남한은 환상 그 자체였
다. 중국에서 남한으로 간다고 했던 그날 밤 나는 꿈에서
하얀 2층 집 문을 열고 들어가 행복해하는 나를 봤다. 그
런데 꿈과 현실은 너무나 달랐다. 집 안에 아무것도 없었
기에 텅 빈 집이 주는 공허함은 더욱 크게 느껴졌다. 엄
마도 당황했던 것 같다. 집을 안내해 준 사람도 집이 너
무 더러워서 민망했는지 전에 살던 사람이 장애가 있던
사람이어서 관리가 잘 안 된 것 같다고 이야기했다(이것
은 장애인에 대한 그분의 편견이 아니었을까?). 이유는 중요하
지 않았다.

　　집에 앉기라도 하려면 빨리 청소를 해야 했다. 엄마
한테 하나원에서 받은 돈이 있었던 듯하다. 우리는 주

변 사람들한테 물어서 마트를 찾아가 청소할 수 있는 걸레와 빗자루를 샀다. 저녁이 되도록 쓸고 닦기를 반복했다. 밥은 어떻게 챙겨 먹었는지 기억도 안 난다. 청소를 마치고 이불이 없어서 하나원에서 가져온 옷가지를 덮고 자려는데 눈물이 왈칵 쏟아졌다. 낯선 별에 불시착한 외계인 같았다. 내가 원했던 모습과는 너무나 다른 상황 속에 있는 나를 발견하고, '아, 이게 현실이구나' 생각했다. 앞이 캄캄했다. 막막했다. 너무 큰 환상을 품었던 탓에 기대와 현실의 간극은 그만큼 컸다. 환상이 깨진 자리에 어둠이 드리워지고 외로움이 그 자리를 채웠다.

* * *

그 후 22년을 남한에서 살았다. 지금 돌이켜보면 그때 그 임대주택을 최악이라고 할 수는 없다. 그렇다고 엄청 좋았다고 말할 수도 없다. "북한에서 굶고 살다가 한국으로 왔는데 그 정도면 감사해야지, 싫으면 북한으로 돌아가라"라고 말하는 사람들의 목소리가 내 귀에 들리는 것은 왜일까? 북한에서의 추억, 좋았던 기억, 북한의 장점, 남한의 부정적인 측면을 이야기하면 자주 듣는 말이다. 돌아갈 수 있는데 안 돌아가는 것이 아니다. 통일부는 2012년부터 2022년까지 31명의 북한이주민이 다시 북한으로 돌아갔다고 밝혔다. 만약 합법적으로 돌아갈 수 있다면 31명보다는 확실히 많은 사람이 돌아갔을 것이다.

　남한 사람들이 북한으로 돌아가려 하는 사람들의 마음을 이해 못 하는 것은 당연하다. 첫 번째 이유는 북한이주민의 삶을 살아본 적이 없기 때문일 것이다. 하지만 조금만 시야를 넓히면 미국·캐나다·호주·뉴질랜드 등 한국보다 훨씬 좋다고 해서 이민을 갔는데 새로운 직장을 구하기도 어렵고, 동양인이라고 차별받고, 가족과 친구가 없어 외로워하며 버티다가 다시 한국으로 돌아오는 경우는 많다. 인터넷에 '이민'을 검색하면 실패하고 돌아온 사람들의 이야기가 가득하다.

　그래도 남한과 북한은 상황이 다르지 않냐고 말할 수도 있다. 남한 사람들이 상상하는 북한은 지옥과 같은 곳인데 그곳에서 어렵게 탈출하고 다시 돌아간다니 말이 안 된다고 생각하는 것이다. 나는 '그곳'에도 사람은 산다고 말하고 싶다. 물론 TV를 보다가 갑자기 전기가 끊겨 발전기를 돌려야 할 때도 있고, 남한처럼 언제든

지 비싸고 좋은 음식을 먹거나 마음껏 해외여행을 갈 수는 없다. 아플 때 좋은 치료를 받기 어렵고, 수령에 반대하는 정치적 발언도 자유롭게 할 수 없다. 그래도 가족과 도란도란 이야기를 나누고, 뒷산 개울가에 가서 어죽을 끓여 먹으며 소소하고 행복한 일상을 보낼 수는 있다. 그 모든 것을 할 수 없다고 해도 엄마, 아빠, 누나, 형, 동생 얼굴을 마주 보며 살 수 있으니, 갈 수만 있다면 돌아가고 싶은 사람들이 있다.

"나의 살던 고향은 꽃 피는 산골"로 시작하는 가곡 〈고향의 봄〉은 모르는 사람이 없을 것이다. 어쩐지 구슬프게 들리긴 하지만 이산가족 어르신들이라면 모를까 젊은 사람들은 이 노래를 듣고 눈물까지 흘리지는 않을 것이다. 나는 요즘도 이 노래를 떠올리면 눈물이 난다. 어디에 묻히셨는지 알 수 없는, 돌아가신 아빠 산소에 찾아가 인사를 드리고 싶다. 어린 시절 살던 집에 들러 가족사진을 챙겨 오고 싶다. 내가 친구들과 즐겁게 뛰어놀던 동네가 그립다.

남한에서는 명절이 되면 가족이 모여 성묘도 하고 음식도 만들며 보낸다. 북한에서 온 사람들은 설에도 추석에도 특별히 갈 곳이 없다. 나처럼 가족 여럿이 같이 온 경우는 그나마 한 집에 모이지만 혼자 온 사람들은 딱히 어디 갈 곳이 없다. 그렇다고 주변 사람들에게 "불쌍하다"라는 말을 듣고 싶지는 않다. 불쌍히 여기고 가여워하는 대신 남북이 자유롭게 왕래할 수 있는 방법을 찾는 노력을 해주면 좋겠다. 그저 함께 마음을 나누고 이산의 슬픔에 공감해 준다면 그것만으로 큰 위로가 된다.

대학교 1학년일 때 이야기다. 나는 첫 학기 중간고사부터 친구들과 도서관에서 밤새 공부했다. 그때 만나던 남자친구가 있었는데 그는 내가 1학년 첫 학기부터 밤을 새며 공부한다는 것을 믿지 못해 전화해서 자기가 학교 도서관 앞에 있으니 나오라고 떠보기도 했다. 남녀공학을 다녀보지 못해서 알 수 없지만 내가 다니던 여대, 아니 특히 우리 과에는 술도 안 마시고 놀 줄도 모르는 친구들밖에 없어서 한눈팔면 성적이 곤두박질치는 건 한순간이었다. 무조건 열심히 한다고 해도 성적이 잘 나오기는 어려웠다. 모든 과목은 상대평가이고, 지각하는 친구들도 거의 없었다. 나는 내가 다닌 대학교를 좋아하지만 이런 부분 때문에 한편으로는 남녀공학 학교를 갔더라면 어땠을까 하는 마음도 있다.

시험 기간에는 도서관에서 버티기 위해 열심히 공부할 것 같은 사람 한 명을 마음속으로 선택하고 그 사람이 의자에서 일어나기 전까진 나도 일어나지 않겠다고 다짐하며 공부했다. 그러다가 그 사람이 나가면 내가 이겼다며 스스로를 칭찬했다. 잠깐 쉬는 시간을 가지고, 또 다른 사람을 선택하고 그 사람이 나가면 또 다른 사람을 선택하는 식으로 하다가 마지막엔 도서관 문 닫는 시간까지 버티는 것으로 목표를 바꿨다. 그런데 그렇게 하다 보니 어느 순간 내가 공부를 즐기는 것이 아니라 단순히 주변 사람들보다 좋은 성적을 얻기 위해서 공부하는 것처럼 느껴졌다. 내가 한국에 와서 가장 좋았던 부분이 바로 공부를 할 수 있다는 것이었다. 하지만 어느 순간부터 그렇게 원하던 공부를 하고 있는데 즐겁지도 행복하지도 않았다.

잠깐 멈춰야겠다고 생각했다. 엄마한테 해외에 나가

서 어학연수를 하고 싶다고 했다. 집안 경제가 조금 좋아진 시기였다. 엄마는 지인에게 연락해서 나를 필리핀에 있는 어학원에 보내기로 했다. 그때는 필리핀이 어떤 곳인지도 몰랐다. 그래도 영어공부를 할 수 있다고 하니 마냥 신났다. 지금 같았으면 아마 캐나다나 영국처럼 조금 덜 더운 곳으로 갔을 것 같다. 같은 과 동기들에게 휴학하고 필리핀에 가서 영어공부 좀 하고 오겠다고 했더니 한 친구가 "너 한국에서 공부하는 게 힘들어서 도망치는 거 아냐?"라고 했다. 나는 순간 "내가 그런 비겁한 사람인가?"라는 고민에 빠졌다.

그때 친구 은희에게 고민을 털어놓았다.

다른 애들은 내가 도망치는 거라는데 너도 그렇게 생각해?

은희는 내 말을 듣고 대답했다.

글쎄, 근데 도망치면 안 돼? 힘들면 잠깐 도망도 치는 거지.

순간 뒤통수를 한 대 맞은 것 같았다. 지금 생각해 보면 은희는 동갑이지만 나보다 훨씬 속 깊은 친구였다. 은희의 말 덕분에 나는 용기가 생겼다.

내가 공무원으로 일할 때 서울시 공무원이 자살을 했다는 뉴스를 봤다. 이유는 과로사였다. 자살을 하지 않고 사표를 쓰는 방법도 있었을 텐데 끝까지 버티고 버티다가 극단적 선택을 한 것이다.

나는 그때 내가 학교 공부를 잠시 멈췄기 때문에 다시 돌아와서 즐겁게 대학생활을 하고 졸업할 수 있었다고 생각한다. 누군가는 일을 하다가 죽더라도 계속 일하기를 선택하고, 또 누군가는 스스로 죽는 것을 선택하더라도 사표를 던지지 않는다. 내 가족들은 내가 어떤 선택을 하길 원할까? 나를 사랑하는 친구들은 내가 어떤 선택을 하길 바랄까?

멈추는 것은 부끄러운 것이 아니다. 인생은 단거리 달리기가 아니라 평생에 이어지는 마라톤이라고 한다. 좋은 인생과 나쁜 인생이 있을까? 저마다 인생이라는 도화지에 자신만의 그림을 그려가는 것이다. 아주 얕게 그린 유화도 있고 두껍게 그린 유화도 있다. 한번은 유화의

끝은 언제인지 궁금했다. 작가에게 물어보니 작가가 붓을 놓으면 끝나는 것이라고 했다. 그리다가 망치면 그 위에 새로운 물감으로 덧칠해서 그리면 되는 것이다.

10대 때는 지금 내 나이가 되면 결혼도 하고 아이도 둘 정도 있고 모든 것이 안정되어 더 이상 고민이 없을 줄 알았다. 그러고 보면 내가 10대에 그렸던 30대는 환상으로 가득했다. 지금 나는 결혼도 하지 않았고 아이도 없다. 현재 나이가 되면 모든 것을 이루고 더 이상 뭔가를 성취하기 위해 애쓰지 않아도 될 줄 알았지만 그 또한 아니다. 여전히 미래를 고민하고 내일을 위해 오늘 하루를 열심히 사는 삶을 살고 있다. 달라진 것은 어렸을 때는 어른들이 보여준 세상이 전부였고 그 속에서 내 꿈과 목표를 찾으려 했다면, 이제는 스스로 찾아 나선다는 것이다.

2012년 나는 대학원에 입학해 석사 과정을 밟아야겠다고 생각했다. 대학에 처음 들어올 때는 사범대를 다니며 임용고시를 치르고 선생님이 되어야겠다고 생각했는데 교생실습을 하며 마음에 변화가 생겼다. 임용고시 합격에 소요되는 시간이 평균 2~3년 걸리는데 그 기간 동안 가족에게 학원비와 생활비를 지원받을 자신이 없었다. 그렇다고 혼자 아르바이트를 하면서 버틸 만큼 교사가 되고 싶지도 않았다.

나는 당시 월드비전에서 국제구호 활동을 하던 한

비야 선생님 이야기에 푹 빠져 있었다. 그의 이야기가 담긴 책과 다큐멘터리를 보며 한비야 선생님을 내 인생의 롤모델로 삼았다. 가슴이 뛰는 일을 하고 있다며 행복해하는 모습을 보고 나도 그처럼 살고 싶었다. 대학생 때부터 남북의 심리적 격차를 줄이기 위한 활동, 나보다는 시행착오를 덜 겪길 바라는 마음에서 북한이주민을 위한 봉사활동에 열정적으로 참여했던 내 모습이 떠올랐다. 특히 북한에서 온 청소년들을 위한 활동을 할 때 가장 큰 보람을 느꼈다. 그래서 일반학교가 아닌 북한에서 온 청소년들이 모여 교육받는 대안학교 선생님이 되기로 마음먹었다. 하지만 대부분의 대안학교는 재정적으로 열악한 것이 현실이다. 어려운 환경을 감수하고 가슴이 뛰는 일을 선택할지 고민했다. 결론은 매달 단돈 80만 원만 받을 수 있다면 굶어 죽진 않을 테니, 할 수만 있다면 나는 북에서 온 청소년들을 가르치는 대안학교 선생님이 되겠다고 결심했다.

어려운 선택을 했지만 정작 갈 만한 대안학교를 찾기는 어려웠다. 또 한 가지의 고민은 여러 봉사활동에 참여하면서 알게 된 사실인데, 북에서 온 청소년이라고 해서 다 같지 않다는 점이었다. 저마다 처한 상황이 모두 달랐다. 국어는 단순히 지식만을 전달하는 교과가 아니다. 학생의 인성을 함께 길러주는 교과다. 나 또한 교사가 되고 싶은 가장 큰 이유가 북한에서 온 청소년들이 조금이라도 행복한 인생을 살 수 있도록 돕는 안내자가 되고 싶었기 때문이다. 그래서 교과 지식뿐만 아니라 북한에서 온 청소년들의 삶을 더 풍부하게 이해하기 위한 공부가 필요하다고 생각했다.

고민을 하던 중 한국교육개발원 탈북청소년센터에서 낸 채용공고를 발견했다. 탈북 청소년 교육에 필요한 교재 개발, 탈북 청소년 교육을 담당하는 교사 연수 등의 일을 할 사람을 모집하고 있었다. 비록 대안학교는 아니지만 탈북 청소년 담당 교사 연수프로그램을 진행하게 된다면 그것 또한 내가 하고자 하는 일과 유사한 일이라고 생각했다. 하지만 나는 지원할 수 없었다. 석사 이상의 학력이 필요했다. 대학원에 진학해야겠다는 목표가 생겼다.

돈이 문제였다. 신이 도왔는지 이주배경청소년지원재단에서 인턴을 하고 있었는데 조지 소로스 George Soros 가

설립한 열린사회연구소Open Society Institute에서 남한에 거주하고 있는 북한이주민에게 '공동체 리더십 장학금'을 준다고 했다. 열린사회연구소는 한국에 지부가 없어 이주배경청소년지원재단에 사업을 위탁해 장학생 선발과 관리를 맡겼다. 이렇게 시기가 안성맞춤일 수 없다고 생각했다. 나를 위해 만들어진 기회인가 싶은 생각에 바로 지원서를 작성했다. 기적처럼 1기 장학생으로 합격했다. 졸업할 때까지 등록금 걱정 안 해도 되고, 심지어 생활비까지 지원해 주는 데다 한국에서 주는 장학금이 아니라 마음이 더 홀가분했다. 남한에 온 지 얼마 안 됐을 때 같은 반 아이가 북한이주민은 모두 남한 사람들이 낸 세금으로 살아간다고 했던 말이 떠올라 남한에서 주는 장학금은 감사한 마음과 함께 불편한 마음도 동시에 생겼기 때문이다.

석사 공부는 대학교 공부와는 완전히 달랐다. 내가 직접 문제를 발견하고 그 문제를 증명할 방법을 찾아내고, 논리적으로 설명하고, 사회문제에 해결책을 제시한다는 점이 단순히 외운 것을 확인하는 공부보다 훨씬 역동적이고 보람이 느껴졌다. 석사 공부를 하면서 탈북청소년들을 위한 봉사활동과 남북 청년 교류 활동을 지속했다. 나는 북한 출신 청소년들이 남한에 와서 적응하는 데 가장 어려운 것이 무엇일지 고민했다. 처음에는 헤어졌던 가족과 재결합하는 과정, 한국에서 적응할 때 부모에게 도움받기 어려운 부분 등에 관심을 가졌다.

그러나 가족의 이야기는 다른 사람에게 쉽게 털어놓기 어렵기 때문에 연구하기 어려울 것 같았다. 그렇게 고민하던 끝에 탈북 청소년의 또래관계를 연구 주제로 선택했다. 또래관계는 내 경험을 바탕으로 선정된 주제다. 인간관계는 성인이 되어도 어렵지만 청소년 시기에는 더 어려웠다. 연구하는 모든 과정이 즐거웠다. 나는 지금도 노력하는 사람은 즐기는 사람을 이길 수 없다는 말을 믿는다. 즐겁게 공부했고 덕분에 우수논문상까지 받았다.

논문을 쓰면서 '남북한걸음'이라는 남북 청년 교류 모임도 만들었다. 남북 청년이 함께 책을 읽으며 서로에 대한 이해의 폭을 넓히고 더 나아가 우리 사이의 작은 통일을 만들어가자는 취지였다. 모임은 항상 즐거웠다. 석사 학위를 받자 박사 공부도 하고 싶다는 욕심이 생겼다.

그러던 어느 날 북한학과에서 함께 공부했던 선배에게서 연락이 왔다.

> 나 요즘 한국교육개발원
> 탈북청소년교육지원센터에서 일하는데 네가
> 지난번에 여기서 일하고 싶다고 했잖아. 조만간
> 한 명을 채용할 건데, 너도 한번 지원해 봐.

심장이 요동치기 시작했다. 경력이 없어서 합격할 수 있을지는 모르겠지만 일단 원서를 넣었다. 쟁쟁한 경쟁자도 있었는데 내가 최종 합격됐다. 감격스러웠다. 드디어 내가 꿈꾸던 가슴 뛰는 일을 하게 된 것이다.

탈북 청소년을 위해 일하는 전국의 선생님들에게 연수 프로그램을 제공하고, 각 지역으로 가서 네트워킹도 만들고, 심리적으로 어려움을 겪는 탈북 청소년들에게 심리상담 프로그램을 연결해 주기도 하고, 진로 지도 선생님과 함께 하나원에 있는 하나둘학교를 방문해 교육을 진행하기도 했다. 내가 원했던 가슴 뛰는 보람된 일이었기에 나의 하루하루는 행복으로 가득 찼다.

2년 차에 민주평화통일자문회의(이하 '민주평통') 사무처에서 북한 출신 6급 공무원을 채용한다는 소식을 들었다. 첫 이직을 고민했다. 다른 차원에서 북한이주 청소년 문제를 살펴볼 수 있는 좋은 기회라는 생각이 들었다. 현장에서 열심히 뛰는 것도 의미가 있지만 정책적 차원에서 바라보고 싶었다. 민주평통은 2만 명의 자문위원이 대통령에게 통일정책을 자문 및 건의하는 회의체다. 당시 한국교육개발원은 공공기관 이전 정책으로 서울 양재에 있다가 충북 진천으로 이전한 상태였다. 일을 하면서도 박사 과정에 진학하고 싶었는데 진천에 있으면 갈 수 있는 학교가 없었다. 민주평통은 서울에 있으니 박사 공부도 병행할 수 있었다. 주말마다 남북한걸음(현 유니피벗) 모임 때문에 진천에서 서울로 올라오는 번거로움도 사라지게 된다. 대통령 직속 부처인 데다 6급 자리는 다들 높은 자리라고 하니 큰 자신감은 없었지만 일단 지원해 보기로 했다.

　　1차를 통과하고 보니 쟁쟁한 사람들은 다 지원한 것 같았다. 정말 최선을 다해야겠다고 생각했다. 떨어지더라도 내 자신과 주변 사람들 그리고 내가 일하는 곳에 부끄러운 사람이 되고 싶지는 않았다. 떨리는 마음으로 면접을 봤는데 결과는 합격이었다.

2017년에 말에 민주평통에 입사했고 2019년에는 북한대학원대학교 박사 과정에도 지원해서 다니기 시작했다. 남북한걸음은 회원이 점점 늘어났지만, 코로나19 시기에 남북 청년 교류 모임 및 행사가 확 줄어들었다. 우리도 혼동 속에서 오프라인과 온라인 모임을 반복했다. 그래도 포기하지 않았다. 남북한걸음은 코로나19 상황에서 더 많이 알려졌다. 꾸준함이 인지도를 높였다. 독서 위주로 진행하던 모임은 강연 프로그램, 남북 청년 문화 스포츠 활동, 경제교육 등으로 다각화되었고, 독서모임도 온라인과 오프라인으로 나눠서 2~3개 프로그램을 동시에 운영했다. 북에서 온 친구들 중에는 남북한걸음을 모르는 사람이 없을 정도가 되었다.

어느 순간 내 하루를 돌아보니 아침에 민주평통에 출근해서 남북한 문제와 통일 문제에 대해 종일 살피고 관련 전문가를 만나고, 대통령에게 가는 정책보고서를 검토하고, 퇴근하면 대학원에 가서 통일, 남북관계, 북한 문제를 공부하고, 주말에는 남북 청년 네트워킹 활동을 하는 것으로 내 시간 전부를 보내고 있었다. 말 그대로 눈 뜨고 다시 감을 때까지 북한과 통일 문제로 씨름하고 있었다.

세 가지 일을 모두 해내는 것은 쉽지 않았다. 길을 걸으면서도 책이나 논문을 읽어야 했고, 이동하는 지하철에서는 뉴스를 챙겨 보거나 영어 단어를 외웠다. 체력 유지를 위해 점심시간을 쪼개서 운동하는 것도 빠트리지 않았다. 시간이 없을 때는 머리를 말리면서도 스쾃 운동을 했다.

민주평통에서는 5년을 일했다. 남북한걸음을 더 키우고 싶었다. 일을 하면서도 많은 보람을 느꼈지만 남북한걸음은 어디에도 얽매이지 않고 자유롭게 날개를 펼칠 수 있는 가능성이 있었다. 어떤 그림도 그릴 수 있는 그 무한한 가능성이 좋았다. 어떤 말도 할 수 있는 열린 공간이 좋았다. 나는 북한 문제든 통일 문제든 남북관계 문제든 기성세대가 결정할 문제가 아니라고 생각한다. 통일 또는 남북관계로 인해 발생할 모든 문제는 지금의 청소년과 청년 들이 감당해야 한다. 청소년과 청년 들이 통일과 남북관계에 더 많은 관심을 가질 수 있는 환경과 조건을 만들어야 한다. 내가 소속해 있는 직장과 직함은 바뀌었지만 여전히 나는 가슴 뛰는 일을 하고 있다.

　　자신이 좋아하는 일을 하면 여러 가지 장점이 있다. 가장 좋은 점은 돈을 적게 벌어도 불행하지 않다는 것이다. 나와 같이 일하는 동료 A는 출근할 때부터 퇴근 시간을 기다린다고 했다. 야근을 하지 않는다는 가정하에 하루 8시간을 일해야 한다. 그런데 그 시간 동안 단지 돈을 벌기 위해서 그 일을 한다면 자괴감이 들 것이다. 퇴근만 생각하는 사람은 즐기는 사람만큼 좋은 성과를 내기도 어렵다. 내가 즐길 수 있는 일을 한다면 다른 누군가가 나보다 더 많은 돈을 번다고 해도 신경 쓰이지 않는다. 또 어떤 일을 하기까지는 많은 난관을 통과해야 한다. 영어 시험 성적이나 좋은 학점이 필요하기도 하고, 다양한 스펙도 쌓아야 한다. 길고 험난한 시간도 내가 하고 싶은 일을 하기 위해 견딘다고 생각하면 조금은 수월해진다. 사람의 눈빛만 봐도 지금 그 일을 즐기면서 하는지, 하기 싫은데 억지로 하는지 알 수 있다. 물론 자신을 감추는 데 탁월한 사람이라면 어떨지 모르겠다. 하지만 결국 자기 자신에게는 감출 수 없는 법이다.

　　나는 무색무취한 사람보다 자기만의 색채가 있는 사람에게 더 끌린다. 자신이 무엇을 좋아하고 무엇을 싫어하는지 모르는 사람보다 스스로를 잘 알고 욕구에 솔직한 사람이 좋다. 자신의 욕구를 잘 아는 사람이어야 타인의 욕구도 소중하게 생각한다. 북한 출신 청년들과 만나는 것이 매력적인 이유는 그들은 한 사람 한 사람 고유한 경험을 가지고 있다. 어떤 사람들은 그들의 경험을 마냥 힘들었던 '상처'라고 해석하지만, 나는 그 경험이 그들을 특별하고 빛나는 존재로 만든다고 생각한다. 그래서 주변 사람들에게 이 일은 남한 사람이든 북한 사람이든 한 번 빠지면 헤어나기 어려운 매력이 있는 일이라고 말한다. 여담으로 북한 또는 통일 관련된 일을 하는 사람들 중에는 악한 사람이 별로 없다. 그것도 이 일의 매력 가운데 하나다.

2002년 열네 살에 한국에 왔
을 때 나는 유독 외로웠다. 학교에 가면 나보다 두 살 어
린 친구들밖에 없었고, 몇몇 친구들은 내가 북한에서 왔
다고 심하게 장난을 쳤다. 그렇다고 북한에서 온 친구들
하고만 어울리는 것도 싫었다. 중국에서 이곳저곳으로
이사 다닐 때마다 외할머니는 그곳에서 새로운 친구를
사귀어야 한다고 말씀하셨다. 그들과 관계를 맺는다는
건 내가 그 사회의 일원이 된다는 것을 의미하기 때문이
다. 어쩌면 그때 우리 가족에게는 먹고사는 문제 다음으

로 중요한 문제였을 것이다. 나 역시 마음이 통하는 친구를 만들고 싶은 욕구가 강했다.

한국에 와서 1년 정도 되자 컴퓨터로 이것저것 할 수 있었고, 그때 '딱친구'라는 온라인 카페를 만들었다. 딱친구는 북한말로 서로 속을 터놓고 지내는 친한 친구라는 뜻이다. 쉽게 말하면 베스트 프렌드, 절친을 의미한다. '온라인으로라도 남북한 친구들이 서로의 딱친구가 될 수 있지 않을까?' 하는 생각이었다. 그때는 지금처럼 온라인 커뮤니티가 활성화되지 않았고, 북한이주민 숫자도 적고 TV 프로그램도 없어 북한이주민이라는 존재 자체에 대한 한국 사회 인식이 매우 낮은 상황이었다.

시도는 좋았으나 환경이 형성되지 않은 상태여서인지 카페 가입자가 늘지 않았다. 2004년 당시 남한 내 북한이주민 입국 통계는 1,898명이었다. 지금 생각해 보면 너무 앞선 시도였다. 그래도 당시에 친구들, 친구의 친구들까지 해서 30명 정도 가입했던 것 같다. 그때부터 남북한 주민 통합에 대한 나의 고민과 노력이 시작되었다.

석사 논문을 쓸 때 만난 북한이주민 지현이 말했다.

북한에서 온 사람 중 친구관계에 문제없는 경우는
거의 없을 거예요.

너무나 담담한 말투였다. 이미 많은 상처를 받은 아이는 '뭐 그 정도쯤이야'라고 말할 수 있는 강단이 생긴 것 같았다. 다행이라는 생각도 들지만 북한에서 왔다는 이유 하나만으로 받지 않아도 되는 상처를 받았다는 사실에 가슴이 아팠다.

남한에 온 지 3년밖에 안 된 민혁이는 남한 사람들과 만나서 어울리며 친구를 만들고 싶은데 지금까지 기회가 거의 없었다고 했다. 대부분의 프로그램이 북한이주 청소년들만 모아서 진행한다고 했다. 한편 철민이는 이러한 문제가 예산 지원에서 비롯되는 것 같다고 분석하기도 했다.

남북 청소년이 섞여 있는 경우 예산을 주는 쪽에서는 북한이주 청소년에게만 지원하면 되지 남한 청소년들에게까지 예산을 지원해야 하는지 납득을 못 한다는 것이다. 그렇다고 북에서 온 청소년에게는 돈을 안 받고 남한 청소년에게는 돈을 받을 수도 없는 노릇이다. 그러다 보니 북한이주 청소년들이 이런 프로그램에 참여해서 유일하게 만날 수 있는 남한 사람은 봉사하는 선생님들이라고 했다. 하지만 봉사하는 선생님들과도 깊은 대화는 어렵다고 했다. 선생님들의 눈빛에서 조심스러움이 비친다는 것이다.

> 얼굴에 궁금해하는 게 다 보이는데도
> 묻지 않으니까 더 불편해요.

흔히 겪는 일들이다. 나를 상처받은 존재로 보는 상대방의 눈빛, 조심스럽게 다가와 주는 것을 알지만 이상하게 불편한 공기가 감도는 느낌 말이다.

* * *

안타깝게도 그나마 이 정도로 예의를 지켜주는 사람들에게 감사해야 할 지경이다. 북한에서 왔다고 하면 혹시 간첩이지 않을까 의심하는 사람들도 있다.

2022년 말까지 나는 공무원으로 일했다. 몇 달 지나자 친한 사람들도 꽤 생겼다. 나보다 조금 어린 친구와 친해져서 점심시간이면 같이 밥도 먹고 산책도 했다. 서로 이런저런 고민도 이야기하고 상담도 해주는 사이였다. 하루는 문득 궁금해서 혹시 가족들한테 북한이주민과 함께 일하고 있다는 사실을 말했는지 물었다. 그 친구는 말했다고 했다. 나는 더 궁금해졌다. 과연 그 친구의 부모님은 나를 어떻게 생각하실지.

부모님이 뭐라고 하세요?

그 친구는 조금 망설이면서 말했다.

혹시 간첩일 수 있으니 조심하라고 하셨지만
저는 별로 신경 안 써요.

어색한 표정을 짓는 그에게 나는 호탕하게 웃으며 말했다.

괜찮아요, 어른들은 그렇게 생각하실 수도 있죠.

그런 일이 처음은 아니라서 큰 충격은 아니었지만 여전히 마음은 아팠다. 내가 아무리 공부를 많이 하고, 대한민국 정부의 신원조회를 통과한 공무원직을 하고 있어도 사람들은 여전히 나에 대한 의심의 눈빛을 거두지 않고 있다는 것 말이다. 그러지 않아도 혹시나 의심 살까 싶어 그동안 작은 행동도 조심하며 살아왔다. '오얏나무 아래서 갓끈을 고쳐 매지 말고, 오이밭에선 신발을 고쳐 신지 말라'는 속담을 몸소 실천하며 살고 있다. 그 중 하나가 북한에 있는 그 누구와도 연락을 하지 않는 것이다. 가족들에게도 확인을 했다.

엄마, 혹시 우리 집에서 북한에 두고 온 친척들한테 연락해?

아니, 예전엔 좀 했는데, 연락 끊긴 지 꽤 됐어.

나는 다행이라고 생각했다. 하지만 이런 걸 다행이라고 생각하는 내가 못났다는 생각도 든다.

서로 몰라서 오해하고 거리감을 느끼는 부분들을 바

꾸고 싶었다. 그런데 북한이주민을 따로 분리해서 진행하는 프로그램, 혹은 남한 사람과의 일회성 만남으로는 서로를 깊이 알아가는 것이 불가능하다고 생각했다. 모든 편견과 선입견, 심지어 상대에 대한 두려움은 서로에 대한 무지에서 비롯된다. 이는 내가 대학교에서 친구들을 만나면서 그들의 변화하는 모습을 통해서 알게 된 부분이다. 친구들도 내가 처음 북한에서 왔다고 했을 때 낯설어하는 것을 느꼈다. 하지만 점차 함께 시간을 보내면서 친구들은 나를 북한이주민이 아닌 그저 인간 '정서윤'으로 받아들이고 있었다. 나는 그런 관계가 더 많이 가능해야 북한이주민이 진정한 한반도의 분단을 극복하는 데 기여하는 사람들이 될 수 있다고 생각한다.

대학에 진학한 후에는 남북 청년이 함께하는 활동을 많이 접할 수 있었다. 시기적으로도 그런 프로그램들이 점차 생겨나는 흐름이었다. 하지만 내 마음에 드는 활동은 없었다. 대부분 프로그램은 짧은 시간 피상적인 만남이었다. 북한이주민을 초대해 강연을 듣거나 토크쇼를 진행하는 것이 일반적이다. 기껏해야 몇 시간 이야기를 듣는다고 남한 사람들이 북한을 얼마나 알 수 있을까?(물론 전혀 듣지 않는 것보단 훨씬 나을 것이다). 그리고 '우리 사이에 있는 분단의 경계는 이렇게 한 번 만나서 이야기 듣는다고 좁힐 수 있는 것일까?' 하는 의구심이 들었다. 그때 참여했던 프로그램을 분석하고 보완해 내가 할 수 있는 범위 안에서 청년 단체를 만들었다. 그 이름은 '남북한걸음'이었다.

내가 북한에서 온 거 모르거든

남북한걸음은 "책을 매개로 남북 청년이 만나 소통하며 작은 통일을 만들어간다"라는 슬로건으로 시작되었다. 2015년에 시작해 현재 10년 차를 맞이했다.

그사이에 읽은 책은 130권이 넘는다. 독서모임에 그치지 않고 다양한 강연프로그램도 만들기 시작했다. 취업에 도움이 되는 강연부터 민주시민성을 주제로 한 강연, 최근에는 남북 청년의 경제적 자립을 위한 금융 이해 및 자본 형성에 대한 교육도 진행했다. 2018년부터는 책으로만 만나는 것이 아니라 남북 청년이 다양한 스포츠 활동과 문화 체험활동으로 만날 수 있는 프로그램을 시작해 등산, 플로깅plogging*, 달리기, 볼링, 캠핑, 연극·영화 관람 등의 활동을 하고 있다. 남한 내에서 남북 청년이 교류하는 단체 중에는 가장 큰 규모로 활발히 활동하고 있다. 남북 청년이 5대 5로 균형을 이루는 것이 큰 장점이다. 2024년에는 통일부 산하 비영리 민간단체로 등록하며 남북한걸음에서 '유니피벗'으로 이름을 바꿨다.

남북한걸음이라는 이름은 9년간 써왔기 때문에 나뿐만 아니라 모든 회원에게 친숙하고 정이 든 이름이다. 그럼에도 이름을 바꾸게 된 계기는 북에서 온 언니와의 대화가 결정적이었다.

언니와 나는 한 교회에서 만났다. 언니는 혼자 남한으로 왔는데 모범생 그 자체였다. 언니는 이미 북한에서 대학을 졸업하고 왔지만 남한에서 다시 대학교에 입학했다. 북한에서의 학력으로 취업하기 어렵다는 주변의

● 조깅을 하면서 동시에 쓰레기를 줍는 운동으로, 한국에서는 '줍깅'이라는 용어를 사용하기도 한다. 건강과 환경을 모두 지키는 작은 실천이다.

조언 때문이었다. 졸업할 때쯤 소개팅으로 만난 사람과 결혼도 했다. 언니가 결혼한 분과 다른 지역으로 이사 가면서 한동안 못 보다가 내가 민주평통에서 일할 때 우연히 언니와 통화를 하게 됐다. 행사 때문에 버스를 임차하려고 업체에 연락했는데 언니의 목소리가 들렸다. 언니 이름이 워낙 흔해서 같은 사람이라고 생각 못 했는데 내가 알던 그 언니가 맞았다.

언니와 따로 만나서 이런저런 이야기를 하다가 남북한걸음 이야기가 나왔다.

언니, 남북한걸음 카카오 채널이 있으니 카톡에서 추가하고 우리 활동 소식 받아봐. 그러다가 언니 마음에 드는 프로그램 있음 참여하면 좋지.

그러지 않아도 언니는 이미 남북한걸음을 알고 있으며 채널 추가를 했었다고 했다.

그런데… 신경 쓰여서 지웠어.

나는 우리가 뭔가 실수한 게 있나 싶어서 다급히 이유를 물었다.

　아, 그게 내가 애가 있잖아. 유치원 다니고 있어서
　엄마들이랑 자주 어울리는데 엄마들은 내가
　북한에서 온 거 모르거든. 내 애는 여기 애들이랑
　똑같이 대우받고 자랐으면 하는데 카톡에 자꾸
　남북한걸음이라고 뜨니까 사람들이 그거 보고
　내가 북한에서 온 거 알까 봐 알람이 뜰 때마다
　내가 아주 깜짝깜짝 놀라지 뭐야. 그래서 지웠어.

　사실 언니와 같은 사람이 한두 명이 아니었다. 남북한걸음 활동을 하면서도 다른 곳에 가면 자신이 북한에서 왔다는 사실을 숨기는 사람이 많았다. 게다가 언니처럼 아이가 있는 경우라면 99퍼센트 북한에서 온 사실을 숨겼다. 혹여나 내 아이가 나 때문에 학교에서 차별을 받지 않을까 우려하는 것이었다. 언니의 마음을 충분히 이해할 수 있었다. 그날 남북한걸음의 명칭을 남북이 드러나지 않는 것으로 바꾸기로 마음먹었다.

처음 남북한걸음 이름을 바꾸려 한다고 했을 때 남한 친구들은 모두 의아한 반응을 보였다. 그러다 내가 이유를 설명하면, 이해는 가지만 9년 동안 써온 단체 이름까지 바꿀 정도로 큰 문제가 되는가라는 반문을 제기했다. 여기에서 당사자성이 드러난다. 북한이주민과 아무리 자주 어울린다고 해도 그들이 한국 사회에서 겪는 차별은 남한에서 태어난 사람으로서는 절대 경험할 수도 없고, 몇몇 사람의 이야기를 듣는다고 해도 피부로 느끼기 어렵다. 그래서 나는 당사자들이 숨으면 안 된다고 생각한다. 그들에게 필요한 프로그램은 그들 스스로 참여해서 만들어야 하고 그들을 위한 정책은 직접 목소리를 내서 만들어야 한다.

* * *

유니피벗은 영어 명칭을 발음 나는 대로 표기한 것이다. 영어 표기는 'UNIPIVOT'이다. 연합하다라는 의미의 UNITE에서 'UNI'를, 급속도로 변하는 외부 환경에 따라 사업의 방향을 전환하는 것을 일컫는 PIVOTING에서 'PIVOT'을 따와 합친 말이다. 즉, 유니피벗은 남북 청년이 연합해 대한민국을 더 살기 좋은 사회로 바꾼다는 의미를 가진다. 유니피벗은 내가 12년간 남한 생활을 하면서 고민했던 부분들을 극복해 나가는 실험체다.

유니피벗에는 몇 가지 원칙이 있다. 그 원칙들은 남북한 교류 또는 남북한 주민 통합 프로그램에서 유의미하게 참고할 수 있을 것이다.

첫째, 남북 청년이 함께 만난다. 하지만 나이가 아닌 '마음이 청년이면 누구나 청년'이라는 원칙으로 뭉친다. 우리 사회에는 흔히 말하는 '꼰대'가 너무 많다. 요즘 '젊은 꼰대'라는 말이 있듯이 나이가 어리다고 꼰대가 아닌 것은 아니다.

둘째, 공통된 주제로 이야기를 나눈다. 사람은 서로의 공통점을 발견할 때 친해진다. 공통점을 찾으면 마음이 가까워지고, 차이점을 찾으면 멀어진다. 남북한을 이야기할 때 우리는 계속 서로의 다른 점에 주목해 왔다. 하지만 우리에게는 비슷한 모습이 훨씬 많다.

셋째, 유익함을 제공한다. 현실과 먼 이야기가 아닌 지금 당장 나의 삶을 긍정적으로 변화시킬 수 있는 프로그램을 제공한다. 통일은 먼 이야기지만 취업을 위한 역량 강화는 지금 당장 필요하다. 유익함에는 재미도 포함이 된다. 현대인에게 시간은 금이다. 함께하는 시간이 즐겁고 유익하다면 의미 있는 시간으로 해석이 된다.

넷째, 진정한 만남을 경험하도록 한다. 일회성의 만남은 서로에게 맛보기만 제공할 뿐 깊은 만남으로 이어지지는 않는다. 진정성, 지속성을 갖기 위해 장기간의 만남을 구성해야 한다.

다섯째, 열린 소통 구조를 채택한다. 정답이 정해진 것이 아닌 백지 상태에서 우리만의 답을 찾아가는 것이다. 특이 나이와 직위에 영향을 받지 않고 자유롭게 자신의 의견을 말할 수 있는 환경을 만들어야 한다.

여섯째, 정치와 종교에서 자유로워야 한다. 정치에는 좌와 우가 있고 이들은 툭하면 싸운다. 우리나라 기성 정치는 청년들에게 너무 많은 피로감을 주었다. 종교는 배타성을 가지고 있다. 배타적인 문화가 아닌 포용적인 문화를 만들기 위해 특정 종교를 선택하지 않음으로써 모두 함께할 수 있는 방향으로 나아가는 것을 선택했다.

일곱째, 남과 북 출신의 균형을 맞춘다. 북한이주민은 남한 사회에서 소수로서 위축되어 있다. 내 의견이 소수의견인 걸 알면 처음부터 말을 꺼내기 힘들다. 그러니 출신의 균형을 갖춰야 한다.

여덟째, 북한이주민을 연구대상으로, 신기한 구경거리로 대상화하는 사람과는 함께하지 않는다. 북한 또는 북한이주민을 연구하는 일 또한 필요하지만 이곳은 연구를 위해 만들어진 공간이 아니다. 서로를 존재로서 만나고 존재로서의 만남이 깊어진 후에 상대방과 연구 이야기를 나눌 수는 있다.

아홉째, 모든 대우는 동일하게 한다. 유니퍼벗에서 운영하는 대부분의 프로그램은 연락 없이 참석하지 않는 노쇼No Show 방지를 위해 보증금을 받는데 출신과 무관하게 모두 똑같이 받는다. 보증금이 아닌 참가비를 받는 경우 취업을 한 사람과 취업을 준비하고 있는 사람에게 다르게 적용한다. 간혹 탈북 청년들에게만 주고 싶은 지원이 있다고 연락하는 곳이 있다. 이럴 때가 제일 난감하다. 그럼 먼저 우리의 생각을 말해서 설득해 본다. 그래도 타협의 여지가 없다면 유니퍼벗의 예산을 사용해 남한 사람에게도 같은 서비스를 제공한다. 적어도 유니퍼벗 내에서는 서로를 동등하게 인식하고 평등하게 대할 수 있는 구조를 만들고자 노력한다.

마지막으로, 우리는 국경의 경계가 없다. 출신과 무관하게 대한민국을 더 살기 좋은 곳으로 만들고 싶은 사람이라면 누구나 함께한다. 북한에서 태어났는지 남한에서 태어났는지 혹은 중국에서 태어났는지 그것은 중요하지 않다. 우리의 마음이 어디를 향하고 있는지가 중요하다.

책을 준비하면서 유니피벗의 매력이 무엇인지 회원들에게 물어봤다. 가장 많이 해준 이야기는 서로를 있는 그대로 바라볼 수 있게 되었고, 좋은 사람들과 즐거운 시간을 보낼 수 있고 그 시간의 가치를 알게 되어 좋다고 했다. 한 친구는 말했다.

나는 이렇게 남북 청년이 만나는 것 자체가
통일교육이라고 생각해. 통일이 두렵다고
느껴지는 사람들에게 두려워할 필요가 없다고
백 번 말하는 것보다 함께 어울려보면 걱정하지
않아도 된다는 걸 자연스럽게 알게 되거든.
나도 그랬고.

북한 사람과 북한이주민에 대한 우리의 무지는 마음 한구석에 공포심을 만들었다. 북한 관련 뉴스를 보며 생긴 공포가 사람들에게 바이러스처럼 퍼졌다. 나는 유니피벗이 더 큰일을 할 수 있길 바라지만 또 한편으로 금방 사라지길 바란다. "우리 엄마, 북한에서 왔어"라고 친구들에게 말해도 아무런 차별이 없는 사회가 하루빨리 오길 바란다.

북한 주민 또는 북한이주민
에게 송출하는 라디오를 들었을 때 한국은 꿈같은 나라
였다. 최근에 남한으로 오는 사람들은 북한에서 이미 한
국 드라마를 보고 오거나 한국에 먼저 와 있는 친인척을
통해 정보를 많이 얻기 때문에 우리보다 한국을 더 구체
적으로 알고 오는 경우도 많다. 어떤 사람은 북한에서 이
미 한국에 오면 어떤 대학을 가고 어떤 일을 하며 살 것
인지 계획까지 하고 왔다고 한다.

최근에 오는 10대, 20대 탈북 청소년과 청년은 남한

에 온 지 얼마 안 되었어도 MZ 세대 패션스타일과 전혀 괴리감이 없다. 전에는 누구나 북한에서 온 사람을 어느 정도 구분할 수 있었는데 요즘은 나조차도 잘 모르겠다.

북한이주민 대부분은 남한에 대한 환상과 희망을 가지고 한국으로 온다. 모든 고난은 직접 경험해 봐야 피부에 와닿는 법인데, 고난을 경험하지 않고도 미리 실제와 같이 느낄 수 있다면 누가 도전이라는 것을 하겠는가? 우리 가족도 마찬가지다. 한국으로 오기 전에 나쁜 것은 하나도 생각하지 않고 좋은 것만 상상했다.

한국으로 온다고 했을 때 나는 드라마에 나오는 멋진 2층 집에서 뛰어노는 꿈을 꿨다. 중국에 있을 때 들었던 라디오와 한국 드라마가 나의 상상과 만나 환상을 만들어 낸 것이다. 그뿐만 아니라 남한 사람들이 모두 나를 환영해 줄 거라고 생각했다. 우리는 한민족이라고 수도 없이 배웠으니까 당연한 사고의 전개였다. 국정원 조사를 거쳐 하나원에 들어갔을 때도 한국은 자유의 나라고 기회가 가득하며 무엇이든 노력하면 얻을 수 있는 곳이라고 배웠다. 〈애국가〉를 열심히 외웠고 모니터도 안 켜지는 컴퓨터였지만 처음 보는 키보드를 열심히 두드리며 한국 사회에 대한 나의 환상이 곧 실현될 날을 기다렸다.

＊　＊　＊

환상이 깨지는 데는 그리 오랜 시간이 걸리지 않았다. 한국 생활이 북한이주민에게 더 어렵게 느껴지는 이유는 이런 환상도 크게 작용하는 것 같다. 기대가 크면 실망도 큰 법이니까. 북한에서는 남과 북이 한민족이라는 사실을 상당히 강조한다. 남한에서는 북한을 안 좋게 이야기할 때가 많지만 북한에서는 남한을 안 좋게 이야기하지 않는다(최근에는 조금 달라졌다). 북한에게 주적은 미국이다. 무찔러야 하는 것은 미국이고 원수는 일본이다. 한국은 미국의 억압에 시달리고 있는 우리의 동포이니 미국에서 벗어날 수 있도록 우리가 구해야 한다고 말한다. 그래서 북한 사람들은 남한 사람들을 좋아한다. 남한에 오면 남한 사람들도 북한 사람을 반기고 좋아할 것이라고 여긴다. 남한에서 북으로 송출하는 라디오에서도 북한 사람들이 남으로 넘어오면 엄청 반겨준다고 말한다. 북한 사람들은 그 말을 철석같이 믿고 내려오지만 정작 와

보면 현실은 그렇지 않을 때가 많다. 그래서 더 큰 상처를 받는다. 환대보다 무관심과 냉대가 더 많다는 것을 머지않아 경험하게 된다.

나보다 세 살 정도 많은 별이 언니는 일찍 대학을 졸업하고 취업을 위해 면접을 보고 있었다. 항공사에 취업하는 것이 언니의 꿈이었는데 다섯 번째 면접을 본 후 언니는 항공사 취업을 포기하겠다고 말했다. 나는 언니한테 물었다.

언니, 이제 항공사 면접 안 볼 거야?

언니는 대답했다.

다섯 번째 면접 볼 때 면접관이 그러더라.
항공사는 보안이 중요해서 북한 출신은 어려울
거라고, 그러니 괜한 노력하지 말고 다른 쪽으로
취업을 준비해 보라고.

언니는 마음이 아팠지만 어쩔 수 없는 현실을 받아

들였다.

그 후 시간이 10년 넘게 흘렀다. 평양냉면 집에서 우연히 한 친구를 알게 됐다. 살아 있는 생생한 평양 말씨를 쓰는 그에게 자연스럽게 관심이 생겨 먼저 인사를 건넨 것이 인연이 되었다. 대학을 졸업한 지 2년이 되어가는데 아직 제대로 된 직업을 찾지 못한 그 친구가 신경이 쓰여 종종 연락을 한다.

그 친구는 회계 자격증을 취득했다고 했다. 얼마 전에도 면접을 보고 왔다고 했다. 열심히 노력했지만 결과는 탈락이었다. 돈을 만지는 직업인데 북한말을 쓰면 사람들이 신뢰를 못하니 취업을 하고 싶으면 북한 말투부터 바꾸라고 했다고 한다. 말투가 문제일까? 아니면 북한 사람에 대한 부정적 편견이 문제일까? 나는 북에서 온 친구들에게 말투를 바꾸라고 하지 않는다. 그들에게 말투를 바꿔야 한다는 말은 자칫 그 사람을 있는 그대로 인정하지 않는 것처럼 보일 수 있기 때문이다.

젊은 사람들은 그나마 나은 처지다. 중년들은 북한에서 쌓은 충분한 경력이 있는데도 인정받기 어렵다. 2016년에는 의사 출신 북한이주민이 한국에서 유리창

청소를 하다가 추락해 사망했다는 뉴스가 보도됐다. 북한에서 의사를 했어도 남한에서 의사고시를 보지 않으면 의사로 인정받지 못한다.

아픈 아내 때문에 당장 돈이 필요했던 그는 안타깝게 사고로 생을 마감했다. 2019년에는 북한이주 모자母子의 시신이 한 아파트에서 발견되었는데 오랜 시간 굶주림에 시달린 것으로 알려졌다. 2022년에는 한 북한이주 여성이 임대아파트에서 백골시신으로 발견되었다. 그는 한때 북한이주민을 돕는 전문 상담사가 되어 국내 정착 모범사례로 언론에 보도되기도 했다. 그들을 죽음으로 몰고 간 것은 결국 경제난과 고립이다. 그리고 그 경제난은 대부분 그들이 북한에서 왔다는 것과 긴밀히 연결되어 있다.

남한에 온 지 22년이 된 나도 처음 만나는 사람에게 북한에서 왔다는 사실을 말하기 어렵다. 북한에서 왔다는 이유 하나만으로 나를 무시하지는 않을지, 나를 자신과 전혀 다른 존재로 생각하지는 않을지 걱정된다. 잠깐 사기업에서 일할 기회가 있었다. 지인의 소개로 면접을 봤다. 나를 소개한 지인은 북한에서 왔다는 사실을 말하지 말라고 했다. 어쩔 수 없이 숨기고 취업을 했다. 면접을 본 사장님은 나를 무척 마음에 들어하셨다. 직업 특성상 학력이 높아야 하는데, 학력도 높고 경력도 좋다며 오히려 자신이 줄 수 있는 연봉이 낮다며 미안하다고 했다.

3개월쯤 지났을 때 사장님이 나를 불렀다. 회사 사정이 점점 안 좋아져서 인원 감축을 해야 하니, 가장 늦게 들어온 나를 다른 회사에 소개시켜주겠다고 했다. 나는 조건이 좋으니 본인이 소개하고자 하는 회사에서도 좋아할 것이라고 했다. 그 회사는 우리 집에서 거리도 가깝고 더 큰 회사라 설득이 됐다. 그런데 아무리 생각해도 좀 이상했다. 인원을 감축해야 한다는 사장님은 내가 나간 후에 바로 다른 사람을 뽑는 구인공고를 냈다. 그리고 나는 퇴사 후 함께 일했던 동료들과 연락을 주고받으며 알게 됐다. 내가 북한이주민이라는 것을 사장님을 포함해 몇몇이 알고 있었다는 사실을. 나보다 2주 늦게 들어온 직원도 있었는데, 사장님은 그도 나와 함께 내보낼 것처럼 이야기했지만 그는 지금도 일을 하고 있다고 한다.

북한에서 왔으니 나가달라고 말하진 않았지만 그 이유 외에는 도저히 다른 이유를 찾을 수 없었다. 곰곰이 생각했다. 왜일까? 그곳은 경영인들에게 교육 프로그램을 제공하는 곳이었다. 그래서 나처럼 고학력인 사람이 서비스를 제공하면 회사 이미지가 더 고급화된다. 그렇다면 내가 북한에서 왔다는 사실이 알려졌을 때 회사 이미지가 떨어질 것을 우려한 것은 아니었을까.

무엇을 어떻게 바꾸면 이런 터무니없는 편견과 차별을 없앨 수 있을까? 지금까지는 북한 정부와 북한 사람을 분리하는 방법, 북한이주민에 대한 다양한 지원정책을 통해 한국 사회에 적응하도록 돕는 것, 그들이 최대한 남한 사람들과 비슷한 사람으로 동화될 수 있도록 하는 것 등의 방법이 이용되었다. 조금 다른 제안을 하자면 나는 북한이주민을 향한 한국 사회의 관점이 바뀌어야 한다고 생각한다. 그들이 불쌍해서 남한 사회에 수용하는 것이 아니며, 남북을 연결하고 앞으로 통일이 될 때 중요한 역할을 할 사람들이라고 말이다. 적대 국가에서 온 안보를 위협할 사람들이 아니라 오히려 우리 안보를 지켜줄 사람들이라고 봐야 한다.

다른 하나는 고립 문제를 해결하는 것이다. 북한이주민이 한 동네에 집을 받으면 그곳 공동체의 구성원으로 수용되어야 한다. 우리 사회는 이미 마을 공동체가 많이 와해되었다. 북한이주민뿐만 아니라 남한에서 태어난 청년과 노인 등 1인 가구의 고립 문제는 심각하다. 사회 전반에 공동체를 활성화해야 고립 문제를 해결할 수 있다. 북한에서 온 사람을 자연스럽게 공동체 일원으로 받아들이기 시작한다면 직장이나 다른 곳에서 마주해도 친근함을 느낄 수 있을 것이다.

2장

뿔 달린 사람,
배꼽 없는 아이

북한 사람들 정말 뿔 있어?

이방인으로 산다는 것은 생각보다 어려운 일이다. 남한에서만 살았던 사람들은 이방인에 대한 감수성이 많이 부족한 것 같다. 하지만 최근 영화들을 보면 이주민(이방인)에 대한 이야기가 주목받고 있는 것을 알 수 있다. 영화 〈미나리〉가 그 예다. 현재 한국 사회는 정이삭 감독의 가족처럼 1980년대 아메리칸 드림을 가지고 미국으로 이주한 사람들의 고난에는 상당 부분 공감하고 있다. 하지만 북한에서 남한으로 이주한 사람들의 어려움에는 얼마나 공감하고 있을까?

내가 한국에 처음 왔을 때 이야기다. 국정원도 하나원도 답답하긴 했지만 그래도 나는 더 이상 신변의 위협을 느끼지 않아도 되는 자유인이었다. 그 어떤 책임도 없는, 그래서 더 이상 거짓말을 하지 않아도 되는…. 드디어 정직하게 살 수 있는 사람이 되었다고 생각했다. 그러나 하나원에서 만난 선생님은 나에게 하나원을 나가면 북한에서 왔다는 걸 숨기는 게 좋을 거라고 조언했다. 중국만 벗어나면 더 이상 거짓말을 하지 않아도 된다고 생각했는데, 그리고 나는 내가 태어난 곳을 숨겨야 할 정도로 잘못을 저지른 것도 없는 사람인데 북한에서 왔다는 걸 왜 숨겨야 하는지 도저히 이해할 수 없었다. 하나원을 나와서 초등학교에 입학하고 나서야 선생님이 왜 그런 조언을 했는지 이해하게 됐다.

　하나원을 퇴소하고 바로 다음 날, 집 근처 초등학교에 입학했다. 중국에서 4년간 또래 친구들이 학교 가는 모습을 구경만 하던 나는 한국에 와서 책가방을 메고 등교할 수 있다는 사실만으로도 정말 설렜다. 학교 가기 전날 밤은 제대로 자지도 못했다. 등교 첫날 교무실에서 선생님은 나에게 물었다.

네가 북한에서 왔다고 아이들한테 소개해도 돼?

나는 당당하게 말했다.

네, 괜찮아요.

물론 선생님은 또래보다 내가 두 살 많다는 것도 자연스럽게 이야기하셨다. 나는 이제 더 이상 누군가를 속이는 삶을 살고 싶지 않았고, 나를 솔직하게 드러내는 것이 나에게 큰 의미로 다가왔다.

사기꾼이 아니고서는 거짓말을 하고 마음이 편한 사람은 없을 것이다. 어린아이들은 타인에게 거짓말을 하면 안 된다는 교육을 철저히 받고, 거짓말을 하면 어른들에게 크게 혼나는 경험을 하기 때문에 선의의 거짓말이라는 개념이 없다. 누가 뭐라고 해도 나는 투명해지기로 했다. 물론 내가 북한에서 왔다는 사실을 솔직하게 말했을 때 치러야 하는 대가를 미리 알았더라면 그런 선택을 했을지 의문이 든다. 하지만 인간은 자기가 처할 미래를 알 수 없기에 '후회'라는 단어가 모든 나라의 국어사전에 등록이 되어 있는 것이 아닐까?

* * *

나는 처음으로 같은 언어를 쓰는 또래 아이들과 같은 학교에서 공부를 할 수 있다는 사실이 마냥 설레고 좋았다. 선생님이 말씀하셨다.

> 서윤이는 오늘부터 너희들과 같이 공부할 친구야, 북한에서 왔으니까 잘 챙겨줘.

북한이라는 말에 반 전체가 술렁술렁했다. 선생님은 아이들이 집중할 수 있도록 "주목"을 외쳤다. 첫날 낯선 환경이라 선생님이 외치는 '주목'이 '주먹'으로 들렸다. 아는 단어도 잘 안 들리는 약간 공황 상태였다.

1교시가 끝나자 난리가 났다. 아이들이 몰려와 나를 둘러쌌고 몇몇 아이들은 다른 반까지 가서 "우리 반에 북한에서 온 친구가 있으니 와서 구경하라"라고 소문을 내며 분주하게 돌아다녔다. 그날 하루가 끝날 때까지 전교생이 우리 반으로 계속 몰려들었다. 나는 동물원의 원숭이가 된 것 같았다. 이 글을 읽는 독자들도 어느 날 다른 나라로 이민을 가서 첫 등교를 했고, 한국에서 왔다고 말했을 뿐인데 전교생이 구경하러 왔다고 상상을 해보면 좋겠다. 아마 이것이 좋은 관심인지 나쁜 관심인지, 왜 이런 관심을 받는 건지 어리둥절하고 당황할 것이다. 나도 그랬다.

몰려든 아이들이 나에게 질문을 하기 시작했다. 한국에 어떻게 왔어? 가족이랑 같이 왔어? 왜 왔어? 북한에서 굶어 죽는 사람들 봤어? 북한에도 햄버거랑 피자 있어? 북한 사람들 진짜 뿔 있어? 북한 사람들 정말 잘 싸워? 순수한 아이들의 필터링되지 않은 질문들을 들으며, 애써 침착하게 답변을 하려고 노력했다. 하지만 아무리 노력해도 아이들이 한 질문들 대부분은 상처가 됐다.

그중에서도 "북한에서 굶어 죽는 사람 본 적 있어?", "한국에 왜 왔어?"라는 질문을 들었을 때는 당혹스럽기도 하고 마음이 아팠다. 아이들에게 나는 가난을 피해 환영받지 못하는 곳에 온 존재라는 생각이 들었다. 또 "북한 사람들 진짜 뿔 있어?"라는 질문은 어떤 의미로 한 질문인지 도무지 이해가 되지 않았다. 대답은 최대한 차분히 했지만 내 머릿속에서는 "얘들은 왜 북한 사람에게 뿔이 있다고 생각하는 거지?"라는 물음이 맴돌았다. 요즘은 이런 질문을 하는 사람들이 없길 바란다.

* * *

3개월 전 남북 청년들과 같이 태백산에 올랐다. 유니피벗에 엄청난 애정이 있는 지현은 미나를 초대했다. 지현과 미나 모두 미국에서 공부하고 오래 생활했다. 미나는 전에 지현이 초대한 파티에서 처음 만났고, 등산에서 두 번째로 보는 것이었다. 우리는 등산 내내 끊임없이 수다를 떨었다. 그때 미나가 해준 이야기를 꼭 주변 사람에게 알려야겠다는 생각을 했다.

　미나는 당시 자기가 한국에서 왔다고 하니 미국 친구들이 엄청 신기해했다고 했다. 호기심 가득한 눈빛으로 자신을 둘러싸고 있는 아이들에게 미나는 한술 더 떠서 장난을 쳤다.

　한국인들은 배꼽이 없는 거 알아?

아이들은 그 말을 믿는 듯했다.

정말? 정말 배꼽이 없어?

그러자 미나는 보란 듯이 바지를 치켜올린 뒤 배꼽을 가리고 윗도리를 슬쩍 걷어 배를 보여줬다고 한다. 그러면 대부분 아이들은 엄청 놀라며 한국 사람들은 배꼽이 없다고 믿었다고 한다. 나는 그 이야기를 듣고 미나의 재치에 감탄했다. 나도 남한 친구들이 북한 사람은 정말 뿔이 있냐고 물었을 때 미나처럼 재치 있게 대응했더라면 좋았겠다는 후회가 밀려왔다. 만약 그런 상황이 다시 온다면 진지하면서도 태연히 장난을 치고 싶다.

맞아, 뿔이 있는데 탈부착이 되는 뿔이라서 집에 두고 왔어. 우리 집에 보러 갈래?

　　나는 남한에 오기 전엔 주변 사람에게 크게 관심을 받아본 일이 없다. 중국에서 남자애들이 같이 놀자고 종종 쫓아다닌 것 정도가 전부다. 그런데 한국에 오니 나의 인기는 상상을 초월했다. 등교 첫날 북한에서 온 나를 보기 위해 거의 전교생이 우리 반으로 몰려왔다. 지금 같았으면 어떻게 해서든 그 인기를 누렸을 텐데 그때는 당혹스럽기만 했다. 질문도 너무 많이 받았다.

　　둘째 날 학교에 갔더니 또 한 아이가 다가와 물었다.

네가 쓰는 모든 물건, 다 우리 세금으로 국가에서 사주는 거라며? 맞아?

어안이 벙벙했다. 다른 아이들이 "정말?"이냐고 물으니, 그 아이가 대답했다.

우리 엄마가 그렇게 말했어!

나는 진실이 무엇인지 모르기에, 그리고 어른이 한 말이니 사실일 가능성도 높겠다고 생각하고 아무 말도 못했다. 학교에서 시간을 보내는 내내, 하굣길에서도 머릿속에서 그 아이의 말이 계속 맴돌았다. 이성적으로 이해하려고 노력했지만 어린 나는 그저 자존심이 상했다. 그때는 그 감정이 무엇인지 정확히 알 수 없었다. 다만 어딘가로 숨고 싶고, 그 상황을 피하고 싶었다. 그 아이의 부모님이 낸 세금으로 우리 가족이 기본적인 생활을 유지한다는 건 그 아이와 내가 영원히 친구가 될 수 없다는 뜻으로 받아들여졌다.

주변 교회에서는 북한이주민이 동네로 왔다는 소식을 전해 듣고 헌 옷을 가득 걷어서 우리 집을 방문했다. 기분이 썩 내키진 않았는데 엄마는 그 옷 더미에서 내가 입을 수 있는 옷들을 골라 입혔다. 학교를 다니면서 다른 아이들과 나의 옷차림이 조금 다르다는 걸 느꼈다. 내가 입은 옷은 부모들이 아이에게 사주면 아이들이 자기 취향이 아니어서 입지 않는 그런 옷 같았다. 나는 친구들이 거부한 옷을 입고 학교에 다니게 된 것이다. 친밀감을 형성하는 데에 시각적 동질성은 때로 다른 그 어떤 것보다 큰 영향을 미친다.

　　한때 청소년들 사이에서 노스페이스 점퍼나 패딩을 입는 것이 유행이었다. 또래 친구들이 다 입는 브랜드의 옷을 입지 못하면 엄청난 소외감이 밀려온다. 패션에 정답은 없지만 그 시기에 유행하는 색깔과 스타일이 있다. 어릴수록 이런 유행에 더욱 민감하다. 청소년 시기는 부모의 영향보다 또래집단의 영향을 더 크게 받는 시기이기 때문이다. 겉으로 드러나는 패션은 시각적으로 명확하게 구분되기 때문에 또래집단이 선택하지 않은 옷을 입은 아이는 그 무리에 끼기 힘들다.

* * *

북한에서는 고난의 행군이 닥쳐 이런저런 이유로 학교를 못 다녔고 중국에서는 불법 신분으로 공안을 피해 살다 보니 1년에도 여러 번 이사했기 때문에 학교를 다닐 수 없었다. 어쩌다 학교를 다닌 적 있는데 3주차에 학교에서 호구를 떼 오라고 해서 다음 날부터 학교를 가지 못했다. 학교를 거의 다니지 못했으니 당연히 또래집단의 압력을 받아본 적도 없다.

북한과 중국 모두 초등학교 때부터 교복을 입기 때문에 더더욱 옷을 신경 써본 적이 없다. 북한에서는 나라에서 아이를 전적으로 챙기기 때문에 엄마는 내가 남한 학교에 가면 당연히 학교에서 다 챙겨줄 것이라고 생각했다. 세상물정을 모르니 처음에는 학교에 입고 가는 옷에 별 신경을 안 썼다. 하지만 점점 다른 아이들을 살펴보게 되었고 어느새 내가 입은 옷들이 싫어지기 시작했다.

다른 아이들과 비슷한 옷을 사 입고 싶었지만 엄마

는 옷이 있는데 왜 새 옷을 더 사려고 하는지 이해하지 못했다. 나는 누가 봐도 촌스러운 옷을 초등학교 졸업할 때까지 입어야 했다. 감사하고 고마운 나눔이었지만 그 호의를 누리는 내내 어린 마음은 불편했다.

선생님들은 공부에 열정적인 나를 특히 대견해하셨다. 한 선생님은 꼬박꼬박 학습지를 챙겨 주셨다. 중학교 2학년 때 담임 선생님은 꾸준히 향상되는 내 성적을 눈여겨보시고 나에게 알맞은 장학금을 연결해 주셨다. 성적이 일정 수준 이하로 떨어지면 못 받는 장학금이었고, 선생님을 실망시키고 싶지 않아 내가 할 수 있는 최선의 노력을 했다. 그 노력으로 받는 장학금은 공짜로 헌 옷을 받는 것보단 마음이 덜 불편했다.

그 후에도 북한이주민으로서 여러 선생님의 도움을 받았다. 지역 복지관에서 멘토링 선생님을 연결해 줘서 무료로 수학이나 영어 과외 수업을 받았고, 북한 출신 청소년을 위해 마련한 공부방에 가서도 수없이 많은 봉사자 선생님의 도움을 받았다. 대학에 가서는 등록금 지원을 받았다. 북한 출신 대학생에게 주는 장학금도 받았다.

그러나 나이가 들고 남한 청년들의 처지를 고려하게 되면서 장학금을 받기 위한 별도의 노력을 하지 않았다. 성적이 안 돼서 장학금을 못 받은 것은 절대 아니다. 그렇다고 집안 형편이 넉넉했던 것도 아니다. 북한이주민이라는 이유로 장학금을 받으면서 자존심이 상하는 것보다 몸이 조금 힘들어도 마음이 상하지 않는 쪽을 선택했다.

덕분에 나는 다양한 사회 경험을 했다. 당구장에서 1년간 아르바이트를 했고, 화장품 가게에서 판매도 해봤다. 집 근처에 있는 호프집에서 치킨을 튀기고 서빙도 했다. 흥미로운 경험을 쌓기 위해 방송국 엑스트라 아르바이트도 했다. 연예인을 보는 것은 좋았지만 겨울에는 밖에서 몇 시간씩 추위에 떨어야 했다. 온라인 학습 사이트를 운영하는 곳에서도 아르바이트를 했었는데 하루 100명가량의 학생에게 전화를 걸어 학습량을 체크했다.

대학생이 할 수 있는 아르바이트 중에 제일 편한 것은 역시나 과외였다. 하지만 과외는 편한 대신 경험이 확장되지는 않았다. 자존심이 세면 몸이 힘들어지는 것은 세상 이치다. 대신 자기 스스로 세상에 우뚝 설 수 있는 힘이 생긴다. 쉽게 말해 자기 밥벌이는 알아서 할 수 있는 사람이 되는 것이다.

상대가 가난해 나의 것을 나눠 줄 때에도 받는 사람의 마음이 다치지 않도록 하는 것이 중요하다. 유선경의 《감정 어휘》라는 책에서 동정은 자기 처지와 상대의 처지를 비교해서 자기 처지가 상대의 처지보다 낫다는 생각이 깔려 있어, 자칫 상대에게 모욕감을 줄 수 있다고 한다. 작가는 자기 관점으로 상대의 이야기나 상황을 이해하려는 마음은 선한 의도라 해도 '판단'에 속한다고 한다. 상대방에게 연민이 아닌 판단의 귀를 열 때 상대는 모욕감과 수치심을 느끼며 더 나가 고립감을 느끼게 된다고 했다. 그러므로 동정이 아닌 연민의 귀로 상대의 아픔을 들어야 한다. 이 과정에서 가장 중요한 것은 상대와 나를 동등한 위치에 두는 것이다. 신영복 선생님의 책 《담론》에서는 상처받은 사람을 비를 맞고 있는 사람에 비유하며 비를 맞고 있는 사람에게 우산을 씌워주는 위로가 아닌 내 우산을 내려놓고 상대와 함께 비를 맞는 것이 가장 큰 위로라고 했다.

우리 모두가 아는 역지사지의 이치와 같은 것이다.

하지만 다른 사람의 도움이 필요한 위치에 서보지 않은 사람은 누군가에게 도움을 주는 것이 모두 같은 행위가 아니라는 것을 알기 어렵다. 상대를 동정하며 자신의 우월감을 드러낼 수도 있고, 반대로 상대와 친구가 되어 상대의 마음이 다치지 않도록 애쓰며 도움을 줄 수도 있다. 일단 주는 사람도 받는 사람도 누가 누구보다 더 우월한 존재라서 베풀고, 누가 누구보다 더 부족한 존재이기 때문에 받는 것이 아니다.

누구든 살다 보면 타인에게 도움을 받게 될 때가 있다. 우리 외조부모님은 과거 중국에 사는 남매들과 떨어져 북한에서의 삶을 선택했다. 때때로 외할머니는 그때를 상상하며 말씀하신다.

그때는 북한에서 명태도 엄청 많이 나고,
남한보다 잘살았어.

그래서 중국에 남아 있는 남매들에게 부러움도 샀다고 했다. 하지만 북한 경제가 어려워지고 우리는 되려 중국에 있는 친인척의 도움을 받아야 하는 처지가 되었다.

현대 그룹 고 정주영 회장의 고향은 강원도 통천면이다. 강원도는 북한 쪽에도 있고 남한 쪽에도 있는데 정주영 회장의 집은 북한 쪽이다. 정주영 회장은 총 네 번의 가출을 했는데, 마지막 가출을 할 때 집에 있는 소 한 마리를 훔쳤다. 그 후 기업을 키워 성공한 후 1998년 소 1001마리를 북한에 보냈다. 가출을 네 번이나 하던 문제아가 세계적인 대기업을 만들 것이라고 누가 상상이나 했을까? 인생은 참 알 수 없다. 지금은 누군가의 도움을 받는다고 해도 시간이 흘러 더 많은 사람에게 진정한 도움을 주는 사람이 될 수도 있다.

　　　　　　　　대학 시절 광고심리 수업을
들었다. 사람들은 어떤 내용을 접하는 바로 그 순간에는
내용을 중요하게 기억하지만 시간이 지나면 내용은 기억
에서 사라지고 그것이 남긴 느낌만 갖게 된다. 그래서 광
고는 길게 설명하지 않는다. 이미지가 좋은 연예인을 모
델로 하고 표정과 색감 등 다양한 요소로 느낌을 담는다.

　　또한 사람들은 자주 보면 볼수록 친근하게 느낀다.
심지어 외모에 대한 평가도 정서적으로 친밀감이 올라
갈수록 더 우호적으로 평가하는 것으로 나타났다. 사랑

하는 사이일수록 배우자를 실제보다 더 아름답고 멋지게 그린다는 연구결과도 있다. 포근한 이미지, 적대적이지 않고 나에게 우호적인 이미지는 생각보다 많은 의미를 담고 있고 관계 형성에서 중요한 기능을 한다.

　한때 아이들에게 길에서 낯선 사람을 만나면 나쁜 사람일 수도 있으니 피하라고 교육하던 시절이 있었다. 그때는 아이들에게 나쁜 사람을 상징하는 험악한 얼굴, 즉 무서운 이미지만 보여주며 경계하게 했기 때문에, 선한 얼굴로 접근한 사람들을 막지 못했다. 그래서 요즘은 아이들에게 위험한 사람이라고 해서 모두 무서운 얼굴을 하고 있지 않고, 인상이 좋다고 해서 모두 좋은 사람도 아니니 "낯선 사람은 무조건 경계해야 한다"라고 가르친다.

　우리가 논리가 아닌 이미지로 경계 대상을 구분하는 이유는 인간의 뇌 용량이 유한하기 때문이다. 또한 뇌는 모든 상황에서 모든 정보를 활용해 위험 여부를 정확하게 판단 내리기 힘들다. 그래서 뇌는 자기가 할 수 있는 가장 효과적인 방법으로 위험을 회피하는 전략을 취한다. 주변에서 위험하다고 말하면 직접 겪어보지 않아도 일단은 피하고 보는 것이다.

남한에서는 오랫동안 반공교육을 해왔다. "북한은 위험하다", "북한은 남한을 위협한다", "그들은 폭발적이고 한순간 세상을 파괴할 수 있는 핵도 가지고 있다", "그들은 무자비하다", "한국전쟁은 북한이 일으켰고 남한의 수많은 사람이 죽었다", "공산당, 사회주의는 무서운 것이다", "그들은 우리의 목숨을 위협한다", "지금도 핵을 만들고 있다"와 같은 이야기가 우리 사회에 깊이 스며들어 있다. 학교에서 진행하는 반공교육은 사라졌지만 여전히 사회 곳곳에 반공교육이 남아 있다. 군대를 다녀온 사람들은 군 생활을 하다 보면 북한이 주적이라고 세뇌당하기 때문에 자연스럽게 경계심이 생긴다고 말한다. 한국전쟁기념관에만 가도 앞서 언급한 내용들을 쉽게 접할 수 있다.

열 살에 북한을 나와서 열네 살부터 남한 생활을 하고, 한국 생활이 이제 20년이 넘었는데도 여전히 내가 간첩일 수 있으니 조심하라는 사람들이 있다. 내가 북한에서 왔다고 하면, 그 사실을 몰랐을 때와는 다른 아주 미묘한 긴장이 상대에게 생기는 것을 느낀다(물론 모두가 그런 것은 아니다). 티를 내지 않으려 애쓰는 모습도 보인다. 멈칫, 주춤, 머릿속으로 '어떤 말을 해야지? 어떻게 반응해야 하지?' 고민하는 얼굴, 혹시 실수하지 않을까 조심하는 모습이 보인다. 그들에게는 내가 그들과 다른 존재, 남한보다 훨씬 못 사는 가난한 곳에서 온 사람이라는 생각이 마음 저편에 있다. 낯설어도 다가가고 싶은 마음과 가능한 한 피하고 싶은 마음이 함께 있다.

남북한의 사람이 만나는 것은 낯선 일이다. 어색하고 서로를 어떻게 대해야 하는지 몰라 난감하다. 하지만 모든 존재는 만남이 이루어지기 전까지 서로 낯설다. 엄마가 아이를 낳고 어떤 사정으로 입양을 보낸 후 아이가 성장해 만난다면 어떨까? 그것도 해외로 입양되어 외국인 양부모에게 키워졌다면 어떨까? 사실 나 외에 모든 존재는 낯선 존재다.

요즘은 어르신들 중에도 개고기를 먹는다고 솔직하게 말하는 사람을 보기 어렵다. 실제로 섭취 가능한 단백질이 다양해져서 개고기 소비가 줄기도 했고, 개는 사람에게 다른 동물보다 큰 의미를 지니기 때문이다. 개는 오랜 시간 사람과 함께 살아왔다. 몇십 년 전만 해도 한국 문화에서는 개를 집 지키는 동물 정도로 생각했다. 마당에서 자고 집을 지키던 개가 이제는 사람과 같이 안방에서 잠을 자기 시작하면서 반려동물이라고 불린다. 더 나아가 동물이 아니라 가족이라고 한다. 내 가족(반려견)의 동족(다른 개)을 어떻게 먹을 수 있겠는가? 개가 아니어도 돼지나 닭을 반려동물로 키우는 사람도 있다. 그들에게 직접 물어보지 않아서 정확히 알 수는 없으나 역지사지의 마음으로 생각해 봤을 때, 개를 가족처럼 키우는 사람이 개고기를 먹기 어렵듯, 돼지를 반려동물로 키우는 사람 또한 돼지고기를 먹는 것이 어려울 것 같다.

《맹자》에는 '이양역지以羊易之'라고 하여, 의식에 쓰려고 소를 끌고 가는 모습을 제선왕이 보고 소를 불쌍히 여겨 앞으로 의식에 소를 쓰지 말고 양으로 바꾸라고 명한 일화가 있다. 맹자는 소나 양이나 같은 목숨인데 소가 불쌍하다고 양으로 바꾸게 한 제선왕의 행동을 무지하다 말하지 않고 오히려 당장 눈앞에 보이는 소의 고통에 공감하고 소를 구하기 위해 무엇이라도 하고자 노력한 마음을 칭찬한다. 또 양의 희생은 보이지 않기 때문에 소를 양으로 바꾼 것은 당연하다고 말한다.

    2024년 1월 9일, 국회는 본회의에서 〈개의 식용 목적의 사육·도살 및 유통 등 종식에 관한 특별법〉을 통과시켰다. 이로써 한국에서는 2027년부터 개 식용이 사실상 금지된다. 누구에게나 한 집에 살며 상호작용을 하고 감정을 나눈 동물을 먹는 일은 어렵다. 어떤 존재가 다른 어떤 존재보다 우위에 있어서가 아니라 그들과 내가 맺은 관계가 중요하다는 뜻이다. 결국 관계성이다. 관계는 만남으로 형성되고 발전한다. 나는 남과 북도 그래서 만나야 한다고 생각한다.

남한에만 있는
막장드라마

어릴 적 내 꿈은 변호사였다. 이유는 아주 간단했다. 나는 정의로웠고, 객관성을 유지하며 말을 잘했다. 이런 내 성격에 딱 맞는 직업은 변호사라고 생각했다. 중학교 때 장래희망을 발표하는 시간이었다. 나는 당연히 변호사가 꿈이라고 했다. 몇몇 친구가 다가와 변호사는 내 성적으로 도전하기 어렵다고 했다. 그래서 변호사 대신 선생님이 되기로 하고 사범대학교에 입학했다. 그 후로 성적이 계속 올랐지만 난 이미 변호사가 되는 것을 포기한 후였다. 나처럼 북한에서 온 동갑내기 친구는 나와 달리 법대에 진학했다. 2014년 서울대 로스쿨에 입학했고, 2022년 법무부 제11회 변호사 시험에 합격해 현재 변호사로 활동하고 있다. 그가 변호사라는 한 길을 가는 동안 나는 흘러흘러 비영리단체 대표가 되었다. 어떤 길이 더 좋은 길이라고 말할 수는 없다. 친구는 자기 삶에 만족하고 나는 내 삶에 만족한다.

나는 'Follow your gut'이라는 말을 좋아한다. 'gut'은 소화관 또는 내장이라는 뜻이다. 직역하면 '너의 직감을 믿어라'가 된다. 하지만 그보다 더 폭넓게 쓰인다. 모든 일에 있어 자신이 끌리는 것을 선택해야 한다는 의미다. 다른 사람의 생각과 말이 아닌, 대중의 시선과 압박이 아닌, 순전히 내 마음속 깊은 곳에서 우러나오는 욕구를 믿고 따라야 한다. 엄마가 입버릇처럼 하는 말이 있었다.

오늘 한 너의 선택은 온전히 너의 것이고, 그로 인해서 만들어지는 결과는 네가 책임지는 거야. 네 인생의 주인은 너니까.

어린 나이에 선택과 책임이라는 단어가 조금 두렵기도 했다. 대학에 진학했는데도 여전히 힘들었다. 엄마한테 솔직한 마음을 털어놓았다. 엄마는 너무 쉽게 대답했다.

힘들면 그만 둬. 다 네 인생이지 뭐.

순간 정신이 번뜩 들면서 포기하면 안 되겠다고 생각했다. 내 인생을 대신 살아주는 사람은 없다. 아무리 부모님이 나를 사랑해도 부모님이 내 인생을 살아줄 수는 없는 노릇이다.

* * *

다행히도 내 주변에는 좋은 어른이 많았다. 나를 아껴주고, 진심으로 내가 잘되길 바라고, 늘 응원해 주는 그런 어른들 말이다. 나는 내가 만나는 모든 선배를 나의 인생 스승으로 생각한다. 분야도 제각각이다. 대학생 때는 주변 어른들에게 고민 상담을 많이 했다. 그런데 어느 순간 내 마음의 소리와 조언을 해주시는 분의 뜻이 달랐다. 곰

곰이 생각하다가 나는 마음의 소리를 따르기로 했다. 그분을 존경하지 않아서가 아니다. 나는 나라는 사람과 24시간을 붙어 있지만 나에게 조언을 해주는 사람은 어쩌다가 한 번 만나서 내 고민을 듣고 조언을 해주는 것뿐이다. 내가 나에 대해 말한 것보다 말하지 않은 것이 훨씬 많기 때문에, 나를 누구보다 잘 아는 사람은 나이기 때문에, 내 고민의 최종 결정은 내가 해야 한다.

또한 조언을 해주는 사람이 경험한 세상도 한정적이기 때문이다. 누구나 자신이 살아온 경험을 바탕으로 조언을 해준다. 하지만 그들도 걸어온 길보다 가보지 않은 길이 많다는 한계가 있다. 세상은 변한다. 그들이 살아온 세상과 앞으로 내가 살아갈 세상은 다르다. 만약 모든 자녀가 부모의 말만 곧이곧대로 따랐다면 세상은 발전하지 못했을 것이다. 부모의 경험을 뛰어넘어 상상할 수 있어야 한다. 스승을 뛰어넘어 성장하는 것을 청출어람이라고 한다. 그러려면 인생 선배들의 지혜를 배우고, 그 이상을 생각할 수 있어야 한다.

남한에서 막장 드라마를 볼 때 제일 이해 안 되는 장면이 "내 아들 절대 너랑 결혼 못 시켜!"라고 소리 지르는 어머니의 모습이었다. 북한에 있을 때 부모의 허락을 못 받아서 결혼을 못 했다는 사람은 본 적이 없다. 본인이 결혼할 사람과 함께 부모님에게 인사를 하는 것이지 허락을 받지는 않는다. 부모는 의견을 내긴 해도 반대를 하진 않는다. 어디든 일부 극렬한 부모는 있겠지만 다른 나라의 사정도 비슷한 걸로 안다.

김희경은《이상한 정상가족》이라는 책에서 한국 문화에서는 부모가 자녀를 소유물로 인식하기 때문에 훈육을 한다는 명분하에 아동에 대한 폭력이 행해지고 있다고 말한다. 어른들은 어린아이들이 스스로에게 좋은 판단을 하기 어렵다고 생각하는 경우가 많다. 하지만 어릴 때 나를 돌아보면 나이가 열 살밖에 되지 않았어도 어른들의 이야기를 종합적으로 듣고 어느 정도 스스로 판단을 내릴 수 있었다. 나에게 정말 좋은 선택이 무엇인지, 어떻게 행동을 해야 옳은 길로 가게 되는지 알고 있었다. 스스로 무언가를 선택해 본 아이들은 자기효능감이 높아지고, 선택에 대한 확신을 가진다. 자기 삶에 대한 주인의식도 서서히 쌓인다. 사회 문제도 개인 차원의 문제와 연결되어 있으니 마찬가지다.

견디기 힘들었던 환경에서 내가 버틸 수 있었던 것은 외할머니가 해주신 따뜻한 말들 덕분이었다. 일을 시키려고 그랬던 건지는 모르겠지만 작은 일에도 진심 어린 칭찬을 아끼지 않으신 것, 열 번 찍어서 안 넘어가는 나무 없다고 끈기를 불어넣으신 것, 그리고 언제나 나를 믿어주신 것이 오늘날 내 존재의 버팀목이다. 주저앉고 싶었던 적도 있었지만 포기하지 않았고, 죽고 싶었던 적도 있었지만 결국 살아남았다. 지쳐서 힘들 때는 한밤중에 인적 드문 육교에서 소리 내어 펑펑 울었다. 그 와중에도 이성이 돌아오면 '이렇게 버티는 게 앞으로 한 발씩 나아가는 거'라고 생각했다.

우리 외가에서는 바닷물을 퍼서 두부를 만들었는데 외할머니는 나에게 바닷물을 길어 오라는 심부름을 자주 시키셨다. 그럼 양동이에 물을 담아 와야 하는데 무거워서 한 번에 들고 올 수 없었다. 그러면 열 발자국 걷다가 쉬고, 또 열 발자국만큼 양동이를 옮겼다. 그렇게 옮기다 보면 어느새 집에 도착한다. 그런 일을 무수히 반복했다. 양동이를 든 손이 뻘게지고 고통스러웠지만, 지금은 아팠던 기억은 사라지고 한 발 한 발 앞으로 나아가다 보면 결국 목적지에 이른다는 교훈만 마음속에 남았다.

* * *

남과 북의 특징을 한 문장으로 말하면 북한은 몸이 힘든 사회이고, 남한은 정신이 힘든 사회다. 북한에서는 경제적 수준이 다 고만고만했다. 나는 시골에 살았고, 모두가 가난했던 시기여서 더 그랬을 것이다. 지금은 북한에도 빈부격차가 있다. 하지만 남한처럼 심하지는 않은 것 같다. 남한에서는 사는 동네만 봐도 어느 정도 그 사람의 경제 수준을 간파할 수 있다. 타고 다니는 차만 봐도 알 수 있으니 언제 어디서나 상대적 박탈감을 느끼기 쉽다. 더 열심히, 더 치열하게 스스로를 채찍질하다 보면 어느 순간 소진되고, 매 순간 경쟁에 내몰려 자신에게 주어진 점수표를 받다 보면 늘 내 앞에 있는 사람들과 비교하며 위축된다. 더 잘해야 한다는 생각은 강박증으로 변하고, 뇌는 불안을 학습하고, 불면증이 찾아온다. 나 또한 한국에서 모두 겪었던 문제들이다.

남북한 교류는 정권의 정치적 성향에 따라 문이 열리기도 하고 닫히기도 한다. 어떤 정권에서는 경제적 교류를 말하고 어떤 정권에서는 인권을 더 중요한 가치로 내세운다. 나는 두 가치 모두 중요하다고 본다. 진보든 보수든 모두 대한민국을 더 살기 좋은 곳으로 만들기 위해 존재하는 것이라면 서로 자기 가치만 주장할 것이 아니라 중간에서 만나 협력하고 더 큰 원동력을 만들 방법을 찾아야 하지 않을까? 그것이 청년들이 원하는 세상을 만드는 길이 아닐까?

우리가 당장 할 수 있는 일은 북한이주민과 만나는 것이다. 남한의 인구는 2023년 기준 5,155만 8,034명으로 검색된다. 그중 북한이주민은 2023년 9월 기준으로 3만 4,021명이다. 전체 인구 가운데 0.1퍼센트도 안 된다. 정말 미미한 숫자다. 그러니 확률적으로 남북한 사람의 만남이 이루어지는 것은 쉽지 않다. 더군다나 북한이주민들은 북한에서 왔다는 사실을 숨기는 경우가 많기 때문에 남한 사람이 북한이주민을 만나도 만났는지 모르는 경우가 많다. 이런 만남은 발생했어도 발생하지 않은 것과 같다. 즉, 만남을 가졌다고 볼 수 없다. 실제로 만나본 적이 없기에 남한 사람들은 북한이주민을 자신과 다른 낯선 존재로 느낀다.

북한이주민을 더욱 다가서기 어려운 존재로 만드는 것은 미디어다. 북한에서의 평범한 삶은 카메라의 주목을 받지 못한다. 고위 간부 집 이야기, 며칠을 굶주렸던 이야기, 울지 않고는 들을 수 없는 충격적인 이야기, 손에 땀이 맺히도록 스릴 넘치는 탈북 과정 등 프로그램은 시청자의 시선을 계속 잡아둘 수 있는 이야기들로 구성된다. 북한이주민을 직접 만나기 어렵기에 TV 프로그램에서 본 북한이주민의 이야기를 전체 북한이주민의 이야기로 확대 해석하고 과잉 일반화하는 결과를 낳는다. 그 순간 남한 사람들의 머릿속에 북한 사람은 이미 신기한 존재다.

북한이라는 나라는 외부와 단절되어 있고, 남한에서는 북한에 대한 정보 접근을 제도적으로 막고 있으며, 언론에서 보도되는 북한 관련 뉴스는 대부분 김일성, 김정일, 김정은 등 북한 리더들의 발언, 북한에서 발생하는 불미스러운 일들, 핵 실험 등 우리에게 피해를 줄 만한 위협적인 내용이 다수를 이룬다. 그런 북한에서 사람이 왔다고 하니 신기하지 않을 수 없다. 우리의 뇌는 기존에 가지고 있던 생각에 부합하는 정보를 더 빨리 찾아서 "역시 내 생각이 맞았어"라는 보상을 주고자 한다. 인간이 사이비 종교에 빠지면 헤어나기 어려운 이유도 마찬가지다. 또한 뇌는 더 자극적인 이야기에 활성화된다. 남한 사람은 북한이주민의 일상에 관심이 없다. 방송은 그런 시청자의 도파민 취약성을 이용할 뿐이다.

남한에서 접하는 북한 관련 정보는 매우 제한적이다. 일단 원문을 볼 수 없다. 북한의 모든 사이트는 차단

되었다. 국가보안법이 이를 가능하게 한다. 남한 사람들이 북한 방송에 나오는 말을 믿고 따를 것이라고 생각하는 걸까? 북한에서 남한으로 내려와 국회의원이 된 태영호 의원은 남한에서 북한 방송을 볼 수 있도록 선제적으로 조치하고 북한에도 남한 방송이 들어가도록 북한과 협의해야 한다고 주장했다. 나는 그의 주장에 동의한다.

북한에서는 사람들이 몰래 남한 방송을 많이 본다. 남한 방송을 보다가 들키면 강한 처벌을 받을 수 있다는 걸 알면서도 본다. 그런데 남한 사람들은 우회해서 북한 미디어를 본다고 해도 사실상 처벌받는 것도 아닌데 보는 사람들이 거의 없다. 왜일까? 북한의 드라마, 영화, 음악은 대부분 단조롭고 내용도 비슷비슷하며, 콘텐츠도 적다. 그리고 모두 사회주의 도덕 교양을 핵심 주제로 하기 때문에 상업적 미디어에 노출된 남한 사람이 보기에는 재미가 없다. 북한에는 비상업적이고 교육적인 콘텐츠만 있는데 남한에는 상업적인 콘텐츠가 대부분이기 때문에 사람들의 시선을 끄는 것이다.

한마디로 정리하면 사람들이 보기에 북한 미디어는 재미없고, 남한 미디어는 재미있다. 그래서 남한에서 북한 방송을 볼 수 있다고 해도 남한 사람들은 거의 보지 않을 것이라는 게 나를 포함한 대다수 북한이주민의 생각이다. 만약 북한에서 남한 방송을 자유롭게 볼 수 있다면 북한 방송도 조금은 재미있어지지 않을까? 즉 북한 방송에도 상업적인 요소가 가미되는 것이다. 만남이 이루어지면 서로에게 영향을 줄 수밖에 없다. 그럼 변화는 자연스럽게 일어난다.

　　　　　　나는 우리 가족이 물질적으
로 풍족하지 않을 때 태어났다. 가족은 모두 평범한 사람
들이었다. 욕심이 없었기에 뭐가 부족하다는 생각을 하
지 않았다. 국가에서 내어준 집이 있고, 아프면 병원에
갈 수 있고, 뭐든 집에서 해 먹을 수 있고, 학교에 가서 공
부를 할 수 있으니 더 욕심 내지 않고 살았다. 옆집을 봐
도, 앞집을 봐도 다 고만고만하게 살고 있으니 딱히 부러
워할 대상도 없었다. 만약 주변 이웃들 중에 잘사는 사람
이 있었다면 자연스럽게 그 사람을 부러워했을 것이다.

첫 직장에서 만난 박사님과 산책을 하며 요즘 청년들이 왜 결혼을 안 하는지 이야기를 나눈 적이 있다. 돈을 모으고 결혼하려니 계속 늦어지는 것 같다고 말했다. 박사님은 어떻게 결혼하셨냐고 물으니 돈 한 푼 없는 대학원 시절에 결혼하셨다고 했다. 그때는 모두가 가난했기 때문에 그렇게 결혼하는 일이 흔했다고. 나는 과거에는 남한도 북한과 같았구나 했다.

북한에서는 물질적으로 풍요롭지 않기 때문에 명절이 오기 한 달 전부터 손꼽아 기다렸다. 남한에서도 크리스마스나 설날은 한 달 전부터 시끌벅적하다. 하지만 이는 백화점이나 시장에서 시끌시끌한 것이지 사람들이 그날 어떤 음식을 먹을지 고대하지는 않는다. 일상이 풍요롭기 때문에 명절에 먹는 음식이라고 해서 특별하게 느끼지 않는 것이다. 현재의 나도 마찬가지다.

북한에서는 명절이 특별했다. 명절에 어떤 음식을 해 먹을지 계획하고 재료를 구하는 것부터 설레는 일이었다. 송편과 순대 재료를 준비하고, 각종 전을 부칠 재료를 마련하고, 설기 떡을 만들기 위해 쌀을 빻고, 맛있는 찰떡을 만들기 위해 좋은 찹쌀을 고르는 것, 이 모든 과정을 가족과 함께하는 것이 추억이고 행복이었다.

　남한에서는 모든 것이 쉬웠다. 두부도 김치도 사 먹는다. 순대와 송편도 처음에는 집에서 만들어 먹다가 이제는 그마저도 사 먹는다. 음식을 직접 만들기엔 가족들 모두 너무 바쁘다. 좋은 재료를 살 돈은 생겼지만 남들과 비교하며 더 많은 것을 가지기 위해 모두 쉴 새 없이 일하고 가족과 함께하는 시간은 점차 줄어들었다. 한 동네에 살던 가족들은 저마다의 일 때문에 남한에 온 후로 뿔뿔이 흩여져 산다. 북한에 살 때는 외갓집이 상당히 컸다. 집이 크니 모두 모여서 음식을 할 수 있었지만 지금은 서울의 임대아파트에 대여섯 명이 앉으면 꽉 찬다. 부엌은 아무리 많아도 두 명 이상 활동하기 어렵다. 두부를 만들거나 김치를 담글 만한 공간은 없다. 공간은 사람의 생활방식을 제약하기도, 확장하기도 한다.

　남과 북이라는 차이가 있지만 시대의 차이도 있고, 지방과 도시라는 차이도 있다. 북한은 아직 도시화가 덜 진행된 곳이고 남한은 도시화가 많이 진행되었다. 현재 나는 가장 현대화된 서울에 살고 있기 때문에 과거 북한에서의 삶과 상당한 거리감을 느끼는 것일지도 모른다.

남한에서도 누군가는 원재료의 맛을 살려 가족이 함께 음식을 만들어 먹는 삶을 살고 있을 수도 있다.

　가난이 덮치기 전, 북한에서 우리는 모든 음식을 처음부터 끝까지 만들어 먹었다. 이렇게 말하면 독자들은 아마 이해하기 어려울 것 같다. 얼마 전에 〈편스토랑〉이라는 TV 프로그램에서 13남매의 장녀인 남보라 씨가 동생들을 위해 만두 100개를 빚는 모습이 나왔다. MC들은 놀라는 눈치였다. 30대 중반인 남보라 씨가 모든 재료를 직접 준비해서 만두를 만들었기 때문이다. 이는 남한의 30대 중반 청년들이 만두와 같은 음식은 밖에서 사 먹기 때문에 놀라움을 자아내는 것이라고 볼 수 있다. 하지만 나는 남보라 씨가 사온 만두피를 보면서 '만두를 100퍼센트 수제로 만든다면 만두피도 직접 반죽해서 만들어야 하는 것이 아닌가?' 하고 생각했다. 물론 손으로 만두를 빚은 것만으로도 대단하다.

　우리 가족들도 남한에 와서 몇 번 정도는 만두나 순대, 송편을 해 먹었다. 하지만 요즘은 다 사 먹는다. 북한에서는 정말 처음부터 끝까지 모든 과정을 손으로 만들었다. 두부는 시장에서 콩을 사서, 물에 불려 맷돌에 갈고, 거즈에 싸고 힘껏 쥐어짜서, 비지와 순두부, 두부를 차례대로 만들었다. 그 과정에서 콩물을 마시기도 하고, 두부를 건져낸 후에 남은 고소한 물에는 밥을 말아 먹거나, 보관했다가 음료처럼 마시기도 했다. 나는 맷돌로 콩을 갈기도 하고 아궁이에 지필 장작을 패거나 정리하는 일을 도왔다.

썩은 콩을 솎아내는 작업부터 콩이 비지와 두부로 만들어지는 과정을 보는 것은 재미있으면서도 신비로웠다. 인내와 정성, 노력이 필요하다. 이 모든 과정은 도저히 혼자서 해낼 수 없기에 가족 구성원 모두가 각자 할 수 있는 역할을 맡아 수행한다. 아주 작지만 중요한 인간의 구실을 하는 것이라고 할 수 있겠다. 이렇게 만든 두부는 정말 끝내주게 맛있다. 일단 두부의 향이 살아 있다. 지금은 힘들이지 않고 두부를 사 먹을 수 있는 사회에 살고 있지만 나는 여전히 어릴 적 먹었던 두부의 맛을 잊지 못한다. 외갓집에서 온 가족이 함께 만들었던 그 두부를 다시 맛볼 수 있을까.

두부 다음으로 그리운 음식
은 김치다. 김치도 두부와 마찬가지로 북한에 있을 때는
모두 직접 해 먹었다. 외갓집 큰 마당에 땅을 파고 창고
를 만들었다. 숙성요리는 모두 이곳에 보관했는데 특히
김치가 땅속의 독에서 겨울을 나면 톡 쏘면서도 깊은 맛
이 일품이었다. 깍두기·물김치·포기김치 등을 담갔는데
포기김치에는 명태나 가자미를 생으로 썰어서 양념과
함께 버무려 김치속으로 삼아 버무렸다. 숙성된 김치는
그야말로 밥도둑이 따로 없었다.

아무리 김치냉장고를 잘 만들어도 자연이 만들어내는 맛을 따라잡을 수는 없을 것 같다. 외할머니는 본인이 담근 김치에 대한 자부심이 대단했다. 어느 날 밤 집에서 키우는 개 '복구'가 마구 짖어댔다. 놀란 가족들은 잠에서 깨 마당으로 뛰쳐나갔다. 김치창고 문과 김칫독 뚜껑이 열려 있었다. 도둑은 이미 꽤 많은 양의 김치를 훔쳐 갔다. 범인은 잡지 못했다. 그땐 북한이 못 살던 때도 아니어서 도둑이 많지 않았다. 외할머니는 본인의 김장 솜씨가 좋아서 도둑이 든 것이라고 두고두고 자랑하셨다. 도둑의 마음은 알 수 없었지만 우리 가족들은 모두 외할머니의 김치 맛을 인정했다.

중국에서 남한으로 올 때까지 시골에서만 살았기 때문에 냉장고를 구경해본 적이 없었다. 대부분 절인 음식을 먹거나 땅속에 보관했다가 먹었고, 항상 신선한 음식을 상온에 보관했다. 직접 맛을 보고 조금 상한 것 같으면 버리는 게 일반적이었다. 지금은 냉장고 없는 삶을 상상할 수 없다. 친구들과 식당에 가면 종종 겪는 일이 있다. 밑반찬 중에서 감자채볶음은 다른 나물 반찬에 비해 빨리 상하는 편이다. 상한 반찬을 먹으면 나는 단번에 알아차린다. 그런데 정말 신기하게도 나와 함께 밥을 먹는 남한 출신 친구들은 상한지 모르고 먹을 때가 많았다. 비슷한 상황을 몇 번 겪고 나서 왜 남한 사람들은 상한 음식을 잘 구별하지 못하는지 궁금했다.

그러던 중 TV에서 환경에 따라 사람의 후각과 미각이 퇴화한다는 한 전문가의 인터뷰를 보게 되었다. 내가 절대미각이었던 것이 아니라 실온에서 음식이 자연스럽게 변하는 과정을 몸으로 배워서 알았던 것이고, 내 몸이 그것을 민감하게 알아차리는 것이었다. 그런데 도심에서 자라고 어렸을 때부터 냉장고에 담긴 음식을 먹는 것이 익숙한 사람들은 상한 음식을 먹을 기회가 많지 않았을 것이다. 그리하여 남한 친구들의 상한 음식 구별 센서는 꺼진 것이다. 나는 남한 친구들에게 말했다.

무인도에 가면 냉장고 같은 거 없으니까
아무거나 주워 먹지 말고
꼭 내 옆에 있어. 그래야 살 수 있어.

종종 남한 친구들이 내가 살던 길주나 청진에 유명

한 음식이 뭐냐고 묻는다. 나는 주로 시골에 살았기 때문에 식당에서 밥을 먹어본 기억이 없다. 대신 시장에 가면 국밥, 팥죽, 떡 등 여러 가지 음식을 파는 광경을 본 적은 있다. 길주나 청진에 어떤 음식이 유명한지 사실 기억이 안 난다. 나는 그냥 집에서 엄마나 외할머니가 해주는 음식이 제일 맛있었다. 가족과 함께 외식을 나가본 기억도 없다. 물론 내가 이렇게 말하는 북한은 1990년대의 북한이라 지금은 도시로 변해 완전히 다른 모습을 하고 있을 것이다.

친구들이 나에게 그런 질문을 했던 이유와 북한에는 지역별로 유명한 음식이 없는 이유를 생각해 봤다. 남한 친구들은 안동 하면 찜닭, 춘천 하면 닭갈비, 남원 하면 추어탕, 전주 하면 비빔밥, 평양 하면 냉면이 떠오르기 때문에 청진에는 뭐가 유명하냐는 질문을 했을 것이다. 하지만 북한에서 청진 하면 떠오르는 것은 바다 근처니까 명태? 내가 태어난 길주 하면 떠오르는 것은 살구? 그 정도다. 그러니까 지역 특산품이 떠오르는 것이지 특정 음식이 떠오르지는 않는다.

그 이유는 북한의 시장이 덜 발달했기 때문이 아닐

까? 예를 들어 추어탕을 먹으려면 꼭 남원으로 가야 하는 것은 아니다. 어디에서 먹으나 큰 차이는 없는데 관광객을 지역으로 불러들이기 위해서는 각 지역의 특색을 만드는 것이 좋기 때문에 상업적인 목적으로 발달한 것으로 추측된다. 그런데 내가 살던 북한은 상업이 거의 발전하지 않았기 때문에 특산품은 있어도 지역 대표 음식은 아직 개발이 안 되었다고 봐야 맞을 것이다. 북한도 자본주의적 요소를 받아들이고 각 지역에 관광객을 불러들여야 하는 시기가 되면 지역에서 평범하게 먹던 음식도 그 지역의 특색 있는 대표 음식이 될 것이다.

다시 태어나면
샤넬의 고양이로 태어날래

　　　　　본인이 태어날 곳을 선택해
서 태어나는 사람은 없다. 그럴 수만 있다면 얼마나 좋겠
는가. 애당초 금수저로 태어나면 얼마나 좋았을까. 아니
요즘은 '조물주 위에 건물주'라고 하니 건물주 자식으로
태어나는 것도 괜찮겠다. 그것도 아니면 아이돌처럼 남
들이 우러러보는 외모라도 가지고 태어났더라면 어땠을
까 생각하는 사람이 많을 거다. 지금 나에게 누군가 "다
시 태어난다면 뭐로 태어나고 싶어요?"라고 묻는다면 나
는 "샤넬의 고양이로 태어나고 싶다"라고 대답할 것이다.

유명 브랜드 샤넬의 디자이너인 칼 라거펠트는 페르시안 고양이를 키웠다. 하얀색 고양이인데 털이 굉장히 길고 우아하다. 매일 관리를 받고 먹는 음식도 모두 고급이고, 심지어 고양이가 하는 액세서리도 내가 하는 것의 몇 배나 비쌌다. 샤넬의 고양이가 누린 것 중에 내 것보다 저렴한 것이 있는지 모르겠다. 가장 부러운 것은 직접 돈을 벌지 않아도 실컷 누리며 살았다는 점이다. '개 팔자가 상팔자'라는 말이 떠오른다. 남북한 문제에 골몰하는 내가 아니라 그저 어디선가 엄청난 부잣집의 반려동물로 태어났다면 참 좋았을 것 같다.

세상을 살면서 온전히 본인의 모습에 만족하는 사람이 얼마나 있을까? 만약 국가를 선택해서 태어날 수 있다면 이 글을 읽는 당신은 한국에서 태어나길 선택할 것인가? 철학자 마르틴 하이데거Martin Heidegger는 인간은 '던져진-던짐'의 존재라고 했다. 내가 선택하지 못한 부분은 수동태로 '던져진' 부분이고 성장하면서 노력하고 선택하는 부분은 능동태로 '던짐'에 해당한다.

남한에 온 지 얼마 되지 않았을 때 '왜 나는 북한에서 태어나 이 고생을 하는 걸까?'라고 생각하며 내 처지를 비관했다. 탈북을 하고 중국에서 4년을 살며 교육 공백이 발생했고, 남한에 오니 학습부진아가 되어 학교를 가는 매일이 괴로웠기 때문이다. 내가 처음부터 남한에서 태어났더라면 학업에서 이렇게 뒤처지지 않았을 것이라고 생각했다. 하나의 국경을 두고 너무나 다른 삶이 펼쳐지기 때문에 북한이주민들은 남한에 와서 나이나 성별과 무관하게 한 번쯤은 비슷한 생각을 했을 것이다.

내가 더욱 아쉽고 상심했던 건 외증조부모님이 남한 태생이라는 사실 때문이다. 나는 어린 시절 대부분의 시간을 외가에서 보냈고 친가는 거의 기억이 나지 않는다. 본 적도 없는 것 같다. 외할아버지와 외할머니는 모두 연변에서 태어났지만 두 분의 부모님 고향은 남한이었다. 외증조부모님은 일제강점기에 만주로 피난을 가셨기 때문에 외할아버지와 외할머니는 부모님의 고향인 전주와 대구에 대해 많은 이야기를 들었다고 하셨다. 두 분은 난생처음 부모님의 고향 땅을 밟으며 아주 기뻐하셨다.

북을 떠나 남으로 오는 우리의 여정은 외증조부모님 때 이미 시작된 것이다. 광복 이후 외조부모님은 남쪽으로 오고 싶었다고 하셨다. 그러다가 갑자기 남과 북이 분단될 위기에 처했다. 당시 북한은 남한보다 더 잘살았다. 북한으로 오면 집도 주고, 땅도 준다고 해서 외조부모님은 남한이 아닌 북한을 선택하셨다. 당시 두 분은 결혼한 지 얼마 되지 않아 가진 재산이 없는 형편이었다. 이미 두 명의 자녀가 있었기 때문에 자녀들의 삶이 조금이라도 윤택하길 바라는 마음에서 조건이 좋은 북한을 선택한 것이다. 참으로 헛웃음이 나오는 이야기가 아닌가? 그때 북한이 아닌 남한을 선택했더라면 내 인생도 많이 달라졌을 것이다. 아니지, 나는 아빠가 평양 사람이니 태어나지 못했을 거고, 대신 우리 엄마는 남한에서 잘 살았을 것 같다.

그러고 보면 현재의 내 선택을 두고 먼 훗날 내 후손들이 "우리 조상들은 왜 그런 선택을 해서 날 이렇게 고생시키시나?"라고 탓할 수도 있겠다. 안타깝게도 우리 외조부모님도 남과 북의 운명이 이렇게 달라질지 그리고 국가의 이념에 따라 국민의 삶이 이렇게 많은 차이가 생길지 예상하지 못했을 것이다. 미래는 알 수 없고 현재는 너무나 명징하게 보이는 법이니까. 남한을 선택하고 강남에 땅을 사두셨다면 참 좋았을 텐데, 아쉽다. 내가 북한에서 태어난 것이 나의 선택이 아니듯 남한에서 태어난 것도 여러분의 선택은 아니다. 그런데도 어떤 사람들은 단지 자신이 남한에서 태어났다는 이유로 북한에서 태어난 나와 같은 사람들을 차별한다.

이제
한국
사람
다
됐다
는
말

한때 북한이주민들이 남한에서 살다가 다시 미국·영국·캐나다·노르웨이 등으로 가는 현상이 나타났었다. 이것을 언론에서는 '탈남 현상'이라고 이름을 지었다. 남한 사람들이 남한을 떠날 때는 탈남 현상이라고 명명하지 않는다. 탈남 현상이라는 말에는 여러 의미가 담겨 있다. 그중 하나가 탈북과 탈남 현상을 동일하게 바라보는 시선이다. 북한이 싫어서 탈출했듯이 남한이 싫어서 다른 나라로 탈출한다는 것이다.

원래 남한에서 태어난 사람이 다른 나라로 가면 이

민이나 망명이 되지만 북한이주민이 남한을 떠나면 이 민이나 망명이 아닌 '탈남'이라고 칭하는 이유는 북한보 다 좋은 남한에 왔는데 이곳에 뿌리내리지 못하고 또 다 시 새로운 터전을 찾아 떠난다는 부분에 초점이 맞춰져 있다. 북한에서 온 사람들은 남한 사람들과 같은 행동을 해도 다른 해석이 붙는다.

남한을 떠나 영국에서 살다 온 북한이주민 지영이 는 남한으로 돌아와 다시 학교에 입학했다. 친구들에게 자신을 소개할 때는 북한이 고향이라는 말을 빼고 영국 에서 살다가 왔다고만 얘기한다. 지영이는 처음 남한으 로 와서 북한이주민이라고 소개했을 때와 북한에서 왔 다는 말을 하지 않고 영국에서 살다가 왔다고만 할 때 친 구들의 반응이 완전히 달랐다고 했다. 왜일까? 안타깝게 도 우리 마음속에는 나라별로 다른 점수표가 있다. 물론 아닌 사람들도 있을 것이다. 이 글을 읽는 독자는 북한에 어떤 점수를 매겼는가? 미국이나 영국과 비교했을 때 결 코 높은 점수는 아닐 것이다. 흔히 북한 정권과 북한 사 람을 구분해서 생각해야 한다는 말을 많이 한다. 하지만 우리는 정말 한 국가와 국민을 구분해서 생각할까?

좋고 싶은 감정은 대부분 의도하지 않아도 순간적으로 생긴다. 남한 내에서 강원도 출신과 경기도 출신은 큰 차이가 없다. 하지만 경상도·전라도와 같은 특정 지역에는 그곳만의 이미지가 있다. 서울 사람에게 경기도 사람은 큰 의미가 없지만, 경상도 사람에게 전라도 사람이 갖는 의미와 전라도 사람에게 경상도 사람이 갖는 의미는 완전히 다르다. 남한 사람에게 북한 사람도 어떤 의미를 가진다. 만약 이 글을 읽는 독자가 나는 북한 사람이든 미국 사람이든 무슬림이든 다 똑같이 별 감정이 없다고 하면 그야말로 멋진 사람이다. 하지만 대개 그렇지 않다. 나는 인간에게 편견이 있을 수밖에 없다는 것을 인정해야 한다고 생각한다. 우리는 신도 아니고 성직자도 아니다. 대신 우리가 가진 말도 안 되는 편협한 생각을 계속해서 깨뜨리고 제거하는 노력을 해야 한다.

*   *   *

추가로 시선에 대한 이야기를 하고 싶다. 언어는 언어적 요소와 비언어적 요소로 나뉜다. 언어적 요소는 우리가 직접 말로 표현하는 것이다. "잘했어"라고 표현했을 때 그것은 말 그대로 잘했다는 뜻이다. 비언어적 요소는 표현하는 말의 의미를 전체적으로 바꿀 수 있을 만큼 강력한 힘을 가진다. 예를 들면, 아이가 어떤 실수를 했을 때 아빠가 팔짱을 끼고 "잘~한다"라고 말하며 눈을 위아래로 흘긴다고 상상해보자. 이 말에는 비난과 조롱이 섞여 있다. 의미는 맥락을 통해서 전달된다. "잘~한다"라는 말을 비아냥거리며 하지 않아도 팔짱을 끼고, 실눈을 뜨고, 못 미더운 눈빛으로 쳐다보는 것 자체만으로도 비난, 조롱, 경멸, 한심하다는 생각이 상대에게 전달된다.

　게다가 한국에는 눈치 문화가 있다. 나는 어릴 때 삼촌이 입이 아닌 눈으로만 말해도 물을 가져오라는 것인지 TV 리모컨을 가져다 달라는 것인지, 혹은 문을 닫고 오라는 것인지 바로바로 알고 움직였다. 가수 성시경의 〈말하지 않아도 알아요〉라는 노래에는 말하지 않았지만 눈빛과 몸짓으로 많은 의미를 전달할 수 있다는 뜻이 담겨 있다. 눈빛과 몸짓으로는 좋은 뜻과 나쁜 뜻 모두를 전달할 수 있다. 오늘 우리는 누군가에게 말이 아닌 눈빛과 몸짓으로 어떤 마음을 전달했을까.

　내가 북한에서 왔다고 했을 때 상대방이 어떤 말을

하지 않아도 전달되는 무언가가 있다. 워낙 자주 경험해서인지 아주 사소한 반응일지라도 지난 경험의 데이터를 바탕으로 나를 꺼려하는지, 진심으로 위하는지, 본인과 동등하게 대하는지 등을 알 수 있다. 말로는 속일 수 있어도 비언어적인 부분은 자연스럽게 나타나는 반응이기 때문에 상대방을 속이기 어렵다. 경찰이나 형사도 범죄자의 비언어적 요소를 중요하게 본다고 한다. 말로는 "제가 안 그랬어요"라고 하면서 코를 만지거나 하늘을 쳐다보면 거짓말일 가능성이 매우 높다.

때로 사람들은 예의를 갖추기 위해, 자신이 편견을 가지고 있는 그런 못난 사람은 아니라는 메시지를 전달하기 위해, 혹은 적이 아님을 전달하려고 좋은 말들을 늘어놓는다. 하지만 비언어 메시지를 통해 진짜 속마음이 전달될 때가 있다. 편견과 선입견은 뇌 속 깊은 어딘가에 자리하고 있어 바꾸거나 버리지 않으면 나도 모르는 사이에 밖으로 튀어나온다. 존중하지 않는 사람을 존중하는 척하면 상대도 알아차릴 가능성이 높다. 진짜로 존중하는 마음을 가진 다음에 표현하는 것이 훨씬 쉽다.

탈북자는 걸림돌이 된다는 말

대학원 공부는 매우 흥미로웠다. 대학교에서는 교재를 활용한 강의가 일반적이었는데 대학원에서는 토론 시간이 훨씬 많았다. 과제도 수업을 듣고 스스로 질문을 만들고 답을 찾아 소논문으로 작성하는 방식이었다. 그 전까지 암기를 위한 공부를 하다가 문제를 발견하고 해결하기 위한 자신만의 답을 찾는 공부를 하니 공부하는 모든 시간이 즐거웠다. 원래도 공부를 좋아한다고 생각했는데 대학원에서 느낀 공부는 더 깊고 짜릿했다.

독서의 즐거움을 알게 된 것 또한 이때다. 대학교 때 ˙
는 공부해야 할 과목이나 과제가 많다 보니 늘 쫓기면서
공부를 해서 다양한 책을 읽을 기회를 가지지 못했다. 물
론 내가 부족했던 것이 가장 큰 이유긴 하다. 열네 살에
처음 남한에 왔을 때만 해도 한글을 잘 읽지 못했다. 4년
공부하고 대학에 갔으니 수업 교재를 읽고 이해하는 것
만으로도 쉽지 않은 것이 당연했다. 다른 사람은 두 번
읽으면 이해할 수 있는 것을 나는 세 번 이상 읽어야 이
해했다. 대학원에 가지 않았더라면 지금도 나는 공부하
는 즐거움을 제대로 모르는 사람이었을 것 같다.

우리나라 대학은 고등학교와 비슷한 경향이 있다.
모두 성적에 쫓기고 있다. 자신이 진정 좋아하는 것을 찾
기보다 스펙을 쌓기 위해 동분서주할 수밖에 없는 우리
들의 삶이 참으로 안타깝다.

그날도 석사 논문 주제를 찾기 위해 도서관에서 열
심히 논문을 찾아 읽고 있었다. 그러다 〈탈북대학생들의
국가정체성 형성과 변화〉*라는 제목의 논문이 눈에 띄었

●   최대석, 조은희, 〈탈북대학생들의 국가정체성 형성과 변화〉, 《북한연구학

다. 자세히 읽다가 나는 깊은 고민에 빠졌다. 논문에서는 북한이주민이 대한민국 국민으로서 법적지위를 획득하고 살기 때문에 어떤 부분에서는 다른 이주민들보다 나은 상황이라고 보고 있었다.

하지만 내 경험상 북한에서 왔다는 이유로 겪는 어려움은 어떤 부분에선 중국에서 이방인으로 살 때도 경험해 보지 못한 것으로, 남한 사회 적응에 큰 걸림돌이었다. 논문에서는 3년이나 남한 생활을 한 북한이주민 청년이 스스로를 100퍼센트 대한민국 국민이라고 생각하지 않는다며, 이를 긍정적 국가정체성을 형성하지 못한 것으로 평가했다. 저자는 이러한 북한이주 청년들이 긍정적인 국가 지지 세력이 되지 못할 가능성이 있으며, 오히려 국가에 대한 비판 세력이 될 가능성이 높다고 말한다.

"나는 100퍼센트 대한민국 국민이고, 대한민국 국민인 것을 매우 자랑스럽게 생각하며, 국가를 위해 목숨도 바칠 수 있다"라고 고백하는 사람들만 대한민국 국민이 될 수 있는 것일까? 남한에서 태어나 남한을 '헬조선'이

회》, 2010.

라고 욕하는 청년들이 있다. 그렇다면 이러한 청년들도 언제든 대한민국 비판 세력으로 등장할 가능성이 있으며, 이는 한국 사회 통합에 문제가 된다고 말할 수 있지 않을까?

북한이주민은 모두 합해도 4만 명이 안 된다. 그중에 청년은 1만 명도 안 된다. 하지만 한국 사회를 헬조선이라 말하고 다니는 한국 청년은 얼마나 될까? 나는 내가 남과 북을 잇는 '경계인'으로서의 정체성을 가진 것이 오히려 남북을 통합하는 데 더 큰 기여를 할 수 있다고 생각한다. 그뿐만 아니라 나는 남과 북을 넘어 '세계시민'이기도 하다.

100퍼센트 대한민국 국민이 되어야 한다는 생각은 '동화주의' 관점이다. 동화는 다양성을 없애고 주류에 모두 포섭되도록 하는 것이다. 중국은 56개의 다양한 민족이 있지만 한족이 대부분을 차지하고, 주류 문화를 점차 확대해 소수민족을 축소시키는 정책을 펼친다. 반면 미국은 각양각색의 인종과 민족이 자신들의 고유한 문화를 유지하면서 섞여 살아간다. 이를 '샐러드볼 사회Salad Bowl Society'라고 한다. 샐러드볼 사회란 다문화 사회를 뜻하는 것으로 다양한 문화가 샐러드의 여러 재료처럼 각각의 독특한 특징을 잃지 않은 채 조화를 이루는 사회를 의미한다. 샐러드볼 사회와 반대 개념으로 '멜팅팟Melting Pot 사회'가 있다. 이는 '인종의 용광로'라고 불리기도 하는데 인종, 문화 등 여러 요소가 모두 녹아 하나의 문화로 융합·동화되는 현상을 의미한다.

남한은 샐러드볼 사회를 추구할까? 멜팅팟 사회를 추구할까? 설날이나 추석에 TV를 켜고 예능을 보면 쉽게 알 수 있다. 모두 한 번쯤은 명절에 다양한 국적의 외국인들이 한복을 입고 유창한 한국어로 한국에서의 경험을 이야기하는 예능 프로그램을 봤을 것이다. 우리는 그들이 김치를 잘 먹으면 "이제 한국 사람 다 됐네"라고 한다.

10년 전 영국에 가서 잠깐 영어공부를 할 기회가 있었다. 런던에 있는 어학원에 다녔는데 그야말로 다양한 나라 사람들이 샐러드볼을 이루고 있었다. 어느 날 어학원에서 작은 파티가 열렸다. 각자 자기 나라 전통 의상을 입고, 자기 나라 음식을 하나씩 가져와서 소개하고 함께 나눠 먹고, 자기 나라의 전통춤을 선보였다. 그곳에서 내가 북한이주민이라는 것은 수많은 다양성 가운데 하나에 불과했다. 각자가 지닌 특성을 지우지 않고, 서로의 문화에 점수를 매기지 않는 경험이 신선하게 다가왔다.

남한에서 북한이주민은 북한 문화를 모두 버리고 살아야 한다. 국가보안법으로 북한의 영화, 노래, 책은 모두 금지된다. 어린 시절 봤던 영화를, 학창 시절 들었던 노래를, 남한에서는 모두 봐서도 들어서도 안 된다. 남한에서는 여전히 '빨갱이'라는 단어가 흔하게 사용된다. 북한 문화를 잘 아는 사람에게는 반농담조로 "너 간첩 아니야?"라고 한다. 북한에서 온 사람들은 자신이 간첩으로 의심받을까 봐 언제나 노심초사한다. 북한에서 외교관을 하다가 남한에 온 태영호 의원은 행사에 참가할 때마다 "자유 대한민국 만세"를 외친다. 북한 출신이지만 남한에 충성을 다하겠다고 끊임없이 맹세하며 자신의 결백함을 드러내는 것처럼 보인다.

북한이주민은 북한에서 배웠던 모든 과거를 부정하고 남한에서 새롭게 태어날 것을 강요당한다. 어느 행사장에서 만난 50대 아주머니가 남한에 온 지 3년이 되었으니 세 살짜리 아이나 마찬가지라며 자신을 소개하는 것을 본 적이 있다. 갑자기 세 살이 되어버린 사람에게서는 자신감을 찾아 보기 어렵다. 당당함도 잃었다. 그저 도움이 필요한 어린아이가 된 것처럼 위축되어 있다. 남북은 적대적 관계에 있으니 이러한 현상이 나타나는 것도 어찌 보면 당연한 것일 수도 있다.

나는 이것이 대한민국의 역사적 트라우마라고 생각한다. 현재 한국 사회에 부정적 트라우마를 만든 세 가지 사건이 있었다. 첫째는 한국전쟁, 둘째는 독재 경험, 셋째는 IMF다. 그중에서 한국전쟁으로 인한 트라우마가 제일 강하다고 생각한다. 트라우마를 극복하고 한반도를 더 살기 좋은 곳으로 만들기 위해서는 남과 북의 화해와 공존이 필요하다. 통일까지 되면 더 좋다. 그 과정에 북한에서 온 사람들이 할 수 있는 역할이 있다. 하지만 중요한 역할을 수행하기 위해서 세 살짜리 어린아이로 퇴행해서는 안 된다.

'100퍼센트 대한민국 국민'이라고 할 때 그 범위가 반쪽짜리 남한을 말하는 것이라면 나는 100퍼센트 대한민국 국민이 될 수 없다. 하지만 헌법 제3조에서 "대한민국의 영토는 한반도와 그 부속도서로 한다"라고 명시

했으니, 그것이 남과 북 모두를 합친 대한민국의 국민을 의미하는 것이라면, 나는 남과 북 양쪽에서 살아보고 남과 북의 정체성을 모두 유지하는 사람으로서 100퍼센트 대한민국 국민이다. 이것이 내가 잠자는 시간 외의 모든 시간을 남북한 문제를 공부하고 해결하는 데 쏟아붓는 이유다.

북에서 온 여성들을 위해 한 시민단체에서 운영하는 민주주의 교육과정에 참여한 적이 있다. 내용이 어렵긴 했지만 흥미로운 토론거리로 가득해서 빠짐없이 참여했다. 매번 다른 교수님이 자유, 평등, 분배 등과 같은 주제를 깊이 있게 강의하고, 이어서 한 시간가량 토론을 진행했다. 그중에서도 가장 기억에 남는 일화가 있다.

그날 수업의 주제는 '자유'였다. 교수님은 "북한과 달리 남한에서는 그 어떤 말을 해도 허용된다는 점에서 남한은 자유가 있다"라고 말하셨다. 이 말을 들은 나는 조금 갸우뚱했다. 머릿속에서 '남한에서는 정말 어떤 말이든 할 수 있을까?'라고 반문했다. 그때 교수님이 내 표정을 보신 듯했다. 그러자 교수님은 만약 본인의 주장에 의구심이 든다면 지금 당장 광화문 광장으로 가서 '김정은 만세'를 외쳐보라고 했다. 나는 그러면 국가보안법에 따라 바로 잡혀갈 것이라고 대답했다. 교수님은 대한민국은 절대로 그런 사회가 아니라고 하셨다. 과연 그럴까? 그 말씀을 하신 교수님이 나와 함께 광화문 광장으로 가서 실험을 해주셨으면 좋았을 텐데 그렇게 하지는 않으셨으니 직접 확인할 수는 없었다.

이 글을 읽는 독자는 교수님의 말에 동의할까? 그 강연을 들은 지 5년이 넘었지만 난 여전히 대한민국 사회가 그 정도로 자유로운 사회인지 의문이 든다. 물론 교수님은 김정은 만세를 외치는 것이 문제가 없어서 용인되어야 한다는 주장을 하신 것은 아니었다. 잘못된 주장을 하더라도 민주주의 사회는 힘으로 처벌하지 않는다는 것이 교수님께서 전달하려던 의미였을 것이다.

* * *

남한에는 술자리에서 되도록 꺼내지 말아야 할 세 가지 주제가 있다. 정치, 종교, 스포츠가 그것이다. 요즘은 사실 스포츠보단 페미니즘이 더 뜨겁다. 명절에 가족끼리 모여서 정치 이야기를 하고 대판 싸우는 경우가 많아 만날 때부터 정치 이야기는 하지 말자는 전제를 깔고 가는 경우도 많다. 싸움으로 이어지기 쉽기 때문이다. 북한에서는 정치 이야기를 막아서 못 하는 것인데 남한은 할 수 있는 환경임에도 갈등을 피하고자 하지 않는다. 방식이 다를 뿐 결과는 비슷한 것 같다.

청년들이 정치에 무관심한 것도 이러한 토론 문화와 관련 있다. 국회에서는 고성이 오가고, 윽박지르고, 삿대질을 하며 싸우는 모습을 쉽게 본다. 말싸움뿐만 아니라 몸싸움도 종종 볼 수 있다. 정말 국민을 위해 싸우는 것인지, 자신들의 권력을 지키기 위해 싸우는 것인지, 그것도 아니면 본인의 분노를 이기지 못해 분출하는 것인지 알 수 없다. 국민 삶의 질과 무관한 싸움은 한 편의 코미디를 보는 것 같고 정치에 대한 기대치는 점점 떨어진다.

* * *

정치 중에서도 북한 관련 이슈는 가장 뜨거운 논쟁거리다. 흑백의 논리가 가장 선명하게 드러나는 주제이기 때문이다. 한국전쟁 때 북한이 남침을 했기 때문에 어쩔 수 없는 부분이기도 하다. 그러나 통일은 한반도에 살고 있는 모든 사람에게 중요한 문제라는 점을 잊지 말아야 한다. 우리는 분단국이자 휴전국에서 살고 있기 때문에 살아 있는 한 계속해서 영향을 받고, 앞으로 언제 어떻게 우리 인생에 갑작스럽게 큰 타격을 줄지 알 수 없다. 동서독을 가르던 베를린 장벽이 무너지기 1년 전에도 서독의 정치인들은 동서독은 언제 통일이 될지 모른다고 말했다고 한다. 서독에서 많은 노력을 한 것으로 알려졌지만 역사는 몇몇 흐름이 더해져 아무도 통제할 수 없는 거대한 흐름을 만들어낸다.

남북관계와 통일 문제가 항상 치열한 논쟁 대상이 되기 때문에 청년들이 더욱 멀리할 수밖에 없다. 다양한 주장이 허용되지 않는 영역이기 때문에 어떤 정권이 들어서든 의견이 다른 국민의 목소리는 묻힌다. 통일은 일부 국민의 찬성만으로는 불가능하다. 안타깝게도 요즘 청년들은 상당수 통일에 관심이 없다. 누가 굳이 말만 꺼내면 싸우게 되는 주제에 관심을 가지겠는가.

다양성과 건전한 토론 문화가 형성되지 않은 한국에서는 청년들이 나이가 많은 사람, 지식을 갖춘 전문가, 사회적으로 높은 위치에 있는 권력자 앞에서 입을 다물게 만든다. 기성세대는 경험과 지식이 부족하다는 이유로 청년에게 자신의 생각을 주입시키려 한다. 인생 선배들의 지식과 경험은 존중받아야 마땅하지만, 청년들도 충분히 현명한 판단을 할 수 있다. 인간은 나이가 들수록 자신의 경험을 바탕으로 결정을 내리고 확신을 가진다. 이에 비해 청년들은 생각이 더 유연하다.

내가 대표로 있는 유니퍼벗 회원들에게 항상 하는 말이 있다. 나이가 꼭 청년일 필요는 없다고, 마음이 청년이라면 누구나 함께할 수 있다고 말이다. 나이와 무관하게 수평적 소통을 할 수 있는지, 나와 정반대에 있는 타인과도 함께 토론을 할 수 있는지가 기준이다. 요즘 대통령 후보자 검증과 같은 토론회에서는 전문가보다 청년과 편히 이야기할 수 있는 자리를 마련하는 것에 더욱 중점을 두고 있다. 수직적 토론으로 전문가가 해당 분야에 지식이 적은 사람을 설득하고, 나이가 많은 사람이 젊은 사람을 설득하고 굴종시키지 않도록 하기 위함이다.

토론 문화는 한국과 같이 남북으로 분단되고 이념 논쟁이 치열한 환경에서 더욱 중요하다. 하지만 한국 사회는 토론이 익숙한 사회가 절대 아니다. 한국에서 미국으로 유학 가는 학생들이 가장 어려워하는 것이 토론수업이라고 한다. 물론 언어적 장벽도 있겠지만 한국 학생들은 정답을 말해야 한다는 압박을 더 많이 받기 때문에 자기 의견을 잘 말하지 않는다. 객관식 시험에 익숙해서일까? 북한을 틀렸고 남한은 맞다, 사회주의는 틀렸고 자본주의는 맞다는 식의 분단형 사고가 너무 익숙해서일까?

홍세화 작가는 《나는 빠리의 택시운전사》에서 프랑스에선 이 주장과 저 주장이 싸우고 이 사상과 저 사상이 논쟁하는 데 비해 한국에선 사람과 사람이 싸우고 또 서로 미워한다고 말한다. 프랑스인은 다른 사람의 의견과 사상을 일단 상대방의 것으로 존중해 받아들인다고 한다. 그 후 나와 의견이 다른 사람과 논쟁하고 설득하려고 노력한다고 한다. 하지만 우리나라는 나의 잣대로 상대를 보고 그 잣대에 어긋나면 상대를 미워하고 증오한다고 말한다.

그는 또 우리에게 '설득'이라는 단어는 있지만 우리 사회는 '설득하는 사회'가 아닌 '강요하는 사회'라고 말하는데 나도 그의 주장에 공감한다. 이렇게 프랑스에서 자신과 의견이 다른 사람을 미워하거나 깔보지 않고 동등한 대상으로 설득하는 이유는 '똘레랑스^{tolerantia, 관용}' 문화가 자리 잡고 있기 때문이라고 한다. 전에 독일의 정치를 배우며 프랑스의 바칼로레아(논술형 대입자격시험)에 대해서도 알게 되었다. 신기한 것은 프랑스의 바칼로레아 시험에는 현재 사회에서 치열하게 대립하고 있는 이슈와 관련한 문제가 출제된다는 것이다. 예를 들면, 세월호 참사나 이태원 참사가 시험에 등장하는 것이다.

한국 사람들은 나와 다른 생각을 하는 사람들에게 관용을 베풀지 않는다. BJ 잼미는 아프리카TV 방송에서 인기를 끌었는데 방송 중 어떤 발언을 한 이후 그가 페미니스트로 추측이 된다는 사람들이 등장하면서 문제가 생기기 시작했다. 자신은 페미니스트가 아니라고 해명했지만, 어느 유명 유튜버가 여러 정황을 들면서 BJ 잼미는 페미니스트가 확실하다고 주장한 후로 악플에 시달렸다. 악플과 싸우는 딸을 보던 엄마가 먼저 자살을 선택하고 얼마 후 BJ 잼미도 더 이상 견디기 어렵다며 자살을 선택했다.

　나 또한 이 글을 쓰면서 두렵다. 누군가는 이 책을 읽고 나를 빨갱이라고 말하지 않을까? 나의 신상을 조회하고 내가 하는 활동 하나하나를 캐며 꼬투리를 잡으려는 사람은 없을지… 여러 가지가 걱정된다. 여전히 이런 걱정을 하는 걸 보면 우리 사회에는 아직 더 많은 자유가 필요한 것은 아닐까. 출신과 무관하게, 나이와 상관없이 각자가 지닌 다양한 가치관과 생각을 자유롭게 표현하며 더욱 건설적인 방향으로 대화를 이어갈 수 있는 사회가 되길 진심으로 바란다.

탈북자가 방송에 나오면

나는 〈탈북청소년의 또래관계 형성에서 나타나는 저해요인과 극복전략 분석〉(2015)이라는 제목의 논문을 썼다. 북한 출신 청소년이 남한 청소년을 사귈 때 무엇이 그들 사이를 가로막고 있는지 분석하고, 극복할 수 있는 방안은 무엇인지 찾고자 했다.

우정을 방해하는 가장 큰 요인으로는 북한 출신 청소년에 대한 남한 청소년의 오해와 편견을 꼽았다. 자세히 살펴보면 남한 청소년들은 북한 출신 청소년을 1) 무서운 존재, 2) 빈곤한 존재, 3) 신기한 존재, 4) 부담스러운 존재로 인식하고 있었다. 청소년들이 가진 이러한 편견은 우리 사회 전체에 내재한 편견과 크게 다르지 않다. 이것은 북한의 정권과 북한에 살았던 사람을 구분하지 못하는 것에서 비롯한다. 인간은 자신에게 위험한 상황을 신속히 피하기 위해 아주 작은 부정성도 과하게 해석해 '과잉 일반화'의 오류에 빠질 가능성이 높다.

북한이주민을 이해하기 위해 만들어졌다고 하는 미디어 프로그램이 오히려 편견을 재생산하기도 한다. 한동안 북한이주민 관련 예능이 많았다. 탈북 미녀들을 중심으로 한 〈이제 만나러 갑니다〉(채널A)가 흥행하자, 〈모란봉 클럽〉(TV조선), 〈통일준비 생활백서, 잘 살아보세〉(채널A), 〈남심북심〉(MBN), 〈남남북녀〉(TV조선)와 같은 방송들이 우후죽순 등장했다. 하지만 지금은 대부분 사라지고 〈이제 만나러 갑니다〉만 유일하게 지속되고 있으며, 형식을 완전히 바꿔 '탈북 미녀' 출연진 수는 확 줄이고, 전문가 중심으로 진행하고 있다.

처음 만나는 사람에게 내가 북한에서 왔다고 말하면 남한 사람들 다수는 "혹시 방송에 출연하지 않았어요?"라고 질문한다. 나도 북한이주민으로서 인터뷰를 몇 번

한 적은 있지만 예능에 나간 적은 없다. 내가 방송에 많이 나가지 않은 이유는 방송국에서 원하는 이야기를 해줄 수 없을 것 같았기 때문이다. 나는 북한에서 고위층도 아니었고, 특별히 가난하거나 엄청난 고통을 겪으며 남한으로 온 사람도 아니다. 방송에 나간다면 내 이야기가 부풀려질 텐데 그것도 싫었다. 나는 인생을 살다 보면 평온할 때도 있고 쓰나미 같은 파도처럼 감당하기 어려운 날도 있는 게 당연하다고 생각한다. 하지만 방송에 나가면 내 지난 과거에서 자극적인 일부분만 떼어 사람들 앞에 전시될 것 같았다. 살면서 평생 힘든 일 한 번 겪지 않은 사람이 어디 있겠는가.

* * *

나는 1998년 두만강을 건넜다. 그래서 내가 경험한 북한은 1998년에 멈춰 있다. 물론 북한학을 배우기로 결정한 것은 나의 이런 부족함을 채우기 위함이었고, 어떤 방식으로든 계속 변화하고 있는 북한을 이해하고 분석하기 위해 지금도 노력한다. 북한 사회를 어떻게 바라보고 해석해야 하는지, 우리는 어떤 대응을 해야 하는지에 대한 분석은 얼마든지 내놓을 수 있다. 하지만 TV 프로그램에서 나를 초대하는 이유는 나에게 전문적인 북한 해석을 요청하고 싶어서는 아닐 것이다. 내가 북한에서 살아온 이야기, 그중에서 시청자의 눈과 귀를 놀라게 할 이야기를 끄집어내기 위한 생생한 이야기가 필요할 것이다. 사람들은 본인이 겪어보지 못한 경험을 한 상대에게 놀란다. 상상을 벗어나는 충격적인 이야기라면 더욱 그렇다. 그래서인지 대부분의 방송에서는 남북한 주민의 차이점을 부각한다.

TV조선에서 방영했던 〈남남북녀〉는 남한 출신 남성과 북한 출신 여성이 가상으로 결혼 생활을 하는 모습을 보여주는 프로그램으로 2014년부터 2017년까지 상당히 오래 진행되었다. 개그맨 박수홍, 야구선수 양준혁과 같이 꽤 인지도가 높은 사람들이 출연했다. 북한 출신 여성들은 모두 일반인이었다. 하루는 이 프로그램이 과연 무엇을 보여주고자 하는 것인지 의구심이 들었다.

가상결혼 첫날, 여성은 남성에게 북한식 이사 풍습을 강요했다. 이사하는 날 가마솥에 불을 지피면 잘산다는 것이었다. 남자는 커다란 가마솥을 짊어지고 한여름에 땀을 뻘뻘 흘리며 걸었다. 가마솥을 놓을 부뚜막이 없어 할 수 없이 고기를 구워 먹기 위해 마련한 모닥불 위에 가마솥을 얹었다. 바비큐 전용이니 당연히 숯을 사용해야 하는데 북한식을 보여주기 위해, 여성은 남성에게 나가서 땔감을 구해 오라고 한다. 남성은 또 땀을 뻘뻘 흘리며 도심 속에서 여기저기 땔감을 찾아다닌다. 버려진 가구에서 나무 조각을 떼어 오기도 하고, 쓰레기가 버려진 곳에서 박스도 주워 온다. 힘겹게 불을 붙이고 가마솥에 강냉이(옥수수)를 넣고 끓인다. 북한에서는 이렇게하는 거라고 여자가 설명하는데 아무리 끓여도 강냉이가 익지 않는다. 강냉이는 알이 커서 물에 한참 불렸다가죽을 쑤어야 하는데 방송이다 보니 불리는 시간이 부족했던 듯하다. 예상치 못한 상황이 벌어진 것이다.

북한에서도 결혼과 같이 큰 경사가 있는 날에는 없는 돈도 끌어다가 푸짐한 상을 차린다. 요즘은 전기밥솥을 쓰는 집이 많고, 가마솥을 쓴다고 해도 밖에 두고 쓰는 집은 없다. 고난의 행군 시기엔 강냉이죽도 귀했지만 2000년대 들어서 북한 경제도 좋아졌다. 배급을 시작해서가 아니라 사람들이 스스로 돈 버는 법을 체득했기 때문이다. 정확히 알 수 없으나 그 여성 출연자는 아마 나와 비슷한 시기에 남한으로 왔을 가능성이 높다. 최근 북한이주민 중에는 경제적 어려움 때문에 남한으로 왔다고 하는 사람들도 있지만 대다수는 남한 생활이 궁금해서, 북한에서 브로커 일을 하다가 잡힐 위기에 처해서, 남한에서 공부하고 싶어서, 좋은 치료를 받고 싶어서 등 이주 동기가 다양하다. 그러니 가마솥으로 끓인 강냉이죽은 너무 옛날이야기 아닌가?

하나 더 예를 들자면, 2015년부터 2017년까지 방영한 〈통일준비 생활백서, 잘 살아보세〉라는 프로그램에서는 남한 남성들이 북한 출신 여성들을 데리고 양식 레스토랑을 방문했다. 오른쪽에 나이프와 스푼이 여섯 개, 왼쪽에 포크 여섯 개 정도가 세팅되었던 걸로 기억한다. 당황해하는 북한 출신 여성들의 얼굴이 클로즈업되고 그 모습을 바라보는 남한 남성들은 "이런 거 처음이지?" 하면서 사용법을 가르쳐준다. 이 장면은 정말 황당했다. 도대체 무엇을 보여주고 싶었던 걸까? 남한에 살기 위해서는 양식 예절이 필수라는 말을 전달하고 싶었던 걸까? 그게 아니라면 굳이 남한과 북한 어느 쪽도 아닌 서양식 문화로 북한 출신 여성들이 당황해하는 모습을 보여주고 싶은 걸까? 남한 사람들은 모두 그 많은 식사 도구의 사용법을 알고 있을까?

다시 말하지만 나는 남북한 사람에겐 차이점보다 공통점이 더 많다고 생각한다. 그리고 차이를 강조하기보다는 공통점에 대해서 더 많은 이야기를 나눠야 한다. 왜냐하면 그동안 우리는 서로의 차이에 대해서만 너무 많이 보고 생각해 왔기 때문이다. 이제는 우리가 같은 감정과 욕망을 지닌 존재라는 부분에 주목할 필요가 있다. 더 나아가 우리는 한민족이다. 같은 언어를 사용하고, 같은 스포츠와 놀이 문화를 즐기며, 같은 의식주 문화를 향유한다. 내가 만약 남한이 아닌 다른 곳에 가서 살았더라면 지금보다 훨씬 적응하기 어려웠을 것이다. 물론 공통점이 많다고 했지 완전히 같다는 뜻은 아니다. 다른 부분이 있다고 해서 모두 같아질 필요가 있는 것도 아니다.

* * *

석사 논문을 준비할 때 만난 유나의 이야기는 퍽 인상적이었다. 남한에 온 지 6개월밖에 되지 않았던 유나는 TV에 출연한 북한 출신 사람들 때문에 자신이 학교에서 기분 나쁜 일이 있었다고 했다. 어떤 친구가 TV에서 봤는데, 북한에서 온 아주머니가 북한에 있을 때 붕어밸(붕어의 창자)을 딴 물에 머리를 감았던 일화를 얘기했다고 한다. 그 친구는 유나에게 "너도 그랬어?"라고 물었다고 한다. 유나는 격앙된 목소리로 "그 아지매(아주머니)는 자기가 그런 생활을 했으면 한 거지 왜 TV에 나와서까지 북한에서의 생활을 웃음거리로 만드는지 이해가 안 된다"라고 했다. 더 나아가 그런 행위는 다른 북한이주민에게 피해를 주는 것이라고 말했다.

〈화성인 바이러스〉라는 프로그램에는 매번 특이한 출연자 한 명이 나와서 본인이 얼마나 남들과 다른 생활 방식이나 개성을 가진 사람인지 보여줬다. 콜라를 물처럼 마시는 사람, 쇠나 유리를 씹어 먹는 사람, 엄청 매운 캡사이신이나 마요네즈를 밥에 비벼 먹는 사람, 일본 애니메이션 캐릭터를 좋아해서 인형을 만들어 결혼식을 하고 본인의 신부라고 소개하는 사람 등 '세상에 정말 저런 사람들도 있구나' 하고 놀라며 보게 되는 프로그램이었다. 모두가 비슷한 얼굴을 하고 비슷한 옷을 입고 튀지 않으려고 할 때 그 사람들은 용기를 내서 자신이 그 누구보다도 튀는 사람임을, 지구인이 아닌 '화성인'이라고 외치는 사람들이었다. 하지만 그들의 용기는 TV 안에서만 수용받을 뿐 일상의 세계에서는 이해받기 어렵다.

유나가 말했던 붕어빵을 딴 물에 머리를 감았던 이야기도 〈화성인 바이러스〉에나 나올 법한 이야기다. 평범한 북한 사람들은 하지 않는 것, 그래서 북한 사람이 봐도 정말 특이한 경험이다. 그렇기 때문에 프로그램 기획자, 작가, 출연자가 회의를 통해서 선택한 특정 사건에 카메라를 가져가서 초점을 맞추는 것이다. 우리가 보는 모든 TV 프로그램의 장면은 누군가에 의해서 평범한 이야기가 아닌, 사람들에게 자극과 충격을 줄 수 있는 방식으로 재구성되고 편집된다.

북한 사람들에게 〈화성인 바이러스〉 프로그램을 보여준다면 어떤 생각을 할까? 남한에 사는 우리는 그런 프로그램을 본다고 해도 '화성인'만 한국에 있는 것은 아니라는 사실을 안다. 하지만 남북의 국경과 왕래가 차단된 상황에서 북한 사람들에게 〈화성인 바이러스〉를 보여준다면 북한 사람들도 남한 사람을 모두 '화성인'이라고 생각하지 않을까?

　　　　　　　북한 사람을 웃음의 소재로
삼는 일은 곳곳에서 볼 수 있다. 지금은 TV 개그 프로그
램이 대부분 사라졌지만 예전엔 북한 군인을 소재로 한
개그가 종종 등장했다. 유튜브에서는 북한 어린이가 부
르는 동요에 웃긴 자막을 달거나, 북한 사람들의 일상을
희화화하는 영상을 많이 볼 수 있다.

　웃음의 의미는 다양하다. 행복해서 웃을 때도 있고,
상대를 깔보고 조롱하기 위해 웃을 때도 있다. 남한에서
북한이 웃음거리로 소비되는 대상은 김씨 일가부터 평범

한 사람들까지 상당히 광범위하다. 웃음에도 권력이 작동한다. 만약 북한이주민이 남한 사람을 소재로 한 개그를 만들었다면 어떨까? 아마도 싸움이 벌어졌을 것이다.

　한국을 비롯한 다른 나라에서 폐쇄적인 북한 사회를 자세히 알기는 어렵다. 우리가 북한을 알 수 있는 가장 좋은 방법은 북한이주민의 이야기를 듣는 것이다. 하지만 북한 이주민의 이야기도 항상 맥락을 잘 파악해야 한다. 우선 탈북 시점을 살펴봐야 한다. 나는 1998년에 북한을 나왔다. 북한이 경제적으로 가장 가난할 때였고, 이때 가장 많은 북한이주민이 발생했다.

　2015년에 남한으로 온 현진에게 물어봤다.

　아직도 북한에서 굶어 죽는 사람이 있어?

　그 친구는 일반적인 사람들은 그렇지 않다고 답했다. 장애가 있거나 노인의 경우 돌봐주는 사람이 없어서 굶어 죽기도 하지만 그렇지 않고서야 굶어 죽는 일은 거의 없다고 한다. 하지만 남한 사람에겐 굶어 죽는 북한 사람들에 대한 이미지가 여전히 뇌리에 박혀 있다. 고난의 행군 시기를 경험하고 탈북한 사람들이 토크콘서트나 강연에 초대받아서 가면 자신이 겪은 이야기를 하게 된다. 당연하고 어쩔 수 없는 일이다. 이야기 중에 자신이 몇 년도에 그 일을 겪었는지 밝힐 수도 있고, 안 밝힐 수도 있다. 의도적으로 안 밝힌 것이 아니라 인식하지 않고 이야기를 하다 보면 놓치는 부분이다. 혹은 말을 했어도 듣는 사람이 주의 깊게 듣지 않고 특정 내용만 기억할 수도 있다.

다시 말하지만 우리의 뇌는 강한 자극을 추구한다. 요즘 이런 현상을 두고 '도파민 중독'이라고 한다. 북한 사람들이 처벌의 위험을 감수하면서 남한에서 만든 영상 콘텐츠를 보는 것처럼, 도파민의 힘은 강력하다. 남한 사람들도 마찬가지다. 북한에 대한 정보를 한정적으로밖에 얻을 수 없는 상황에서 평범한 내용보다 자극적인 내용을 더 찾게 된다. 수요가 많으니 그만큼 공급도 생길 수밖에 없다. 수요와 공급의 법칙은 너무나 당연한 이치니까 말이다. 그러니 "나는 북한에서도 고생 안 하고 살았어요"라고 말하는 사람보다 "나는 저승 문턱까지 다녀왔어요"라고 말하는 사람의 이야기가 더 잘 팔린다.

둘째는 남한처럼 북한에도 지역 격차가 크다는 점이다. 나 또한 서울에만 살았을 때는 잘 몰랐다. 남한 사람들은 어딜 가나 다 잘사는 줄만 알았고, 모든 지역에 인프라가 잘 갖춰진 줄 알았다. 그러나 서울을 벗어나서 다른 지역으로 내려가면 시골도 많고, 집에 제비가 날아와 둥지를 트는 것도 볼 수 있다는 것을 남한에 온 지 20년이 돼서야 알았다. 다 낡아 쓰러질 것 같은 집에 사는 사람도 있고, 경제적인 이유로 온 가족이 극단적 선택을 한다는 것도 알게 됐다. 북한이 남한에 비해 상대적으로 못사는 것은 사실이다. 그러나 북한 내에서도 지역 차이가 있다는 것을 인지해야 한다.

셋째는 너무나 당연한 말이지만 북한 사회도 멈춰 있지 않고 변한다는 사실이다. 어찌 보면 북한은 남한보다 변화가 더욱 빠르다. 남한은 이미 고도로 성장했기 때문에 변화의 속도가 점차 둔화되고 있다. 예를 들어 휴대폰을 보면 전에는 흑백에서 컬러로, 버튼식에서 터치식으로 큰 변화가 있었다면 요즘은 카메라 화소가 조금 높아지는 정도, 속도가 조금 빨라지고, 무게가 조금 가벼워지는 정도이지 드라마틱한 변화는 없다.

팬데믹 시대에도 베트남은 7.1퍼센트의 경제성장률을 달성했다. 북한은 여러 가지 장애 요인 때문에 그보다는 더디지만 가능성이 많기 때문에 내부에서는 다양한 변화를 겪고 있다. 대표적인 것이 휴대폰이다. 최근 북한에서 1,000개가량의 무선통신 송수신탑이 확인되었다. 대도시에서 많이 벗어난 외곽 지역은 물론 내륙 깊숙한 곳까지 확인되지 않은 송수신탑이 있고, 의외로 휴대폰이 잘 터진다고 한다. 현재 북한 주민 2,600만 명 가운데 650~700만 명이 휴대폰을 사용한다(2022년 기준).

나는 북한에 살 때 휴대폰은 구경도 못 했다. 최근에 남한에 온 친구들과 이야기하면 인기 있는 애들은 휴대폰을 2~3개씩 가지고 있으며, 여자친구별로 다른 휴대폰으로 연락하기도 한단다. 나와 비슷한 시기에 남한으로 내려와 《동아일보》 기자로 활동하는 주성하 기자는 2018년 《평양 자본주의 백과전서》를 출간했다. 이 책에는 북한 사회에 얼마나 많이 자본주의가 확산되었는지를 상세히 보여준다. 최근 북한에는 '돈주'라는 재벌이 등장하기 시작했는데 이들은 한국 사람들이 쓰는 명품을 똑같이 가지고 있다고 한다. 예를 들면, 우리가 잘 알고 있는 루이비통, 샤넬, 디올과 같은 가방에서부터 오메가 시계와 같이 고가의 물건을 가진 사람들이 상당수라고 한다. 북한은 변화하는데 우리는 30년 전 북한 다큐를 가져와서 보고 또 보고 있다.

넷째로 북한이주민들은 대부분 함경북도 출신이라는 점이다. 함경북도가 북한을 대표할 수는 없다. 간혹 북한이주민은 '이러이러하다'라고 말하는 사람들이 있는데, 이는 대부분 함경북도 사람들의 특성을 말하는 경우다. 예를 들면, "북한 사람은 성격이 급하고 직설적이다"와 같은 말이다. 우리 집은 함경북도였고 넷째 외삼촌이 결혼한 숙모는 황해남도 출신이었는데 외할머니는 외숙모가 너무 답답하다고 했다. 답도 느리고, 행동도 느리다고 항상 불만이었다. 느리다, 빠르다는 절대적이 아니라 상대적이다. 대부분의 북한이주민은 남한에서 서울·인천·경기에 살기 때문에 이 지역 사람들과 비교가 된다. 쉽게 말해 함경북도 사람을 서울·인천·경기 사람들과 비교해 "직설적이다, 성격이 급하다"라고 말하는 것이다. 대학에 다닐 때 포항과 목포 지역 친구들을 만났는데 그 친구들이 함경북도에서 온 나보다 성격이 더 급하고 직설적이었다. 함경북도 사람들은 경상도 사람들과 유사한 특성이 있다. 반대로 평양 사람들은 말하는 속도나 성향이 서울 사람들과 비슷하다. 그러니 남한과 북한이 어떻게 다르다고 말하기는 굉장히 어렵다.

남과 북의 차이로 보지 말고 개개인을 있는 그대로 보고 이해하려는 시도를 하면 더 좋을 것 같다. 만약 그것이 어렵다면 그 사람이 살았던 지역, 시기, 환경을 종합적으로 보려고 노력해야 한다. 정확한 정보를 얻고 올바른 이해를 하기 위해서는 언제나 노력이 필요하다.

3장

경계에
서서

유니퍼벗에서 북한이주민 작가님을 모시고 작가와의 만남을 진행한 적이 있다. 행사에 처음 온 친구는 자신이 한국에 온 지 얼마되지 않았다며, 작가에게 질문이 있다고 했다. 소심해 보이는 그 친구는 쭈뼛쭈뼛 작은 목소리로 말했다.

작가님 저는 남한에 온 지 이제 2년 조금 넘었는데 향수병이 너무 심해서 많이 우울합니다. 작가님은 어떻게 극복하셨는지 궁합니다.

작가가 답했다.

저도 향수병을 앓았는데, 시간이 지나는 것밖에는
방법이 없는 것 같아요. 같은 고향에서 온
친구들과 만나 서로 의지하며 힘든 시간을
이겨내 보세요.

그 자리에 있던 사람들 가운데 유독 북한이주민들이
많이 공감하고 있었다. 그런 이야기를 처음 들어본 남한
사람들도 낯설지만 공감하는 눈빛이었다.

나는 혼자 남한으로 온 그 친구가 계속 신경 쓰였다.
20대 중반이었던 그 친구는 대학도 북한에서 졸업했고,
남한으로 와서 바로 일을 하고 있다고 했다. 남한에서 학
교를 다니지 않았으니 또래 친구를 만들기도 어려웠을
것이다. 괜찮다면 내가 옆에서 챙겨주고 싶었다. 남북 청
년들이 모여서 독서모임을 하고 있으니 혹시 함께할 의
향이 있는지 물었다. 다행히 관심이 있다고 했고 모임에
참여하기로 했다. 운동을 좋아한다고 해서 유니피벗 사
람들과 한강 달리기도 하기로 했다. 만나서 함께 뛰면서

비슷한 나이의 친구들에게 소개했다.

> 희수야 너도 향수병 앓았어? 이 친구 북에서 온 지
> 얼마 안 됐는데 향수병이 심하대.

그랬더니 희수는 자기도 향수병을 겪었다고 얘기했
고, 그 옆에 있던 현정이가 자기가 아는 친구도 지금 향
수병을 심하게 앓고 있다고 했다. 그러자 듣고 있던 다른
친구들도 경험을 털어놓았다. 우리와 함께 있던 남한 친
구는 자기는 북에서 온 친구를 많이 만나봤는데 이런 이
야기는 처음 들어본다고 했다.

그렇다. 북한에서 온 사람들은 모두 향수병을 앓지
만 남한 사람들 앞에서 차마 말할 수 없다. 아마 미국 사
람이나 베트남 사람이 한국에서 향수병 앓고 있다고 하
면 남한 사람들은 모두 이해하고 위로의 말을 건넸을 것
이다. 하지만 북한에서 온 우리가 고향이 그립다고 하면
모두 이상하게 쳐다본다. 왜냐하면 남한에서 북한은 '지
옥'으로 알려졌기 때문이다. '어떻게 그 지옥 같은 곳이
그리울 수가 있지?'라고 생각한다.

또한 북한이주민이 향수병을 앓으면 한국 사회에 부적응했기 때문이라고 생각하기도 한다. 만약 미국에 유학 간 한국 사람이 향수병을 앓고 있다고 하면 그 사람에게 "미국에 적응을 해야지 무슨 향수병이냐?"라고 할 것인가?

누구든 본인이 태어나 자라고 정든 곳에 애정이 있는 것이 당연하다. 북한이주민에게 그곳은 친구들과 어린 시절을 보내며 추억을 쌓은 고향이다. 그리운 것이 당연하다. 그걸 부적응이라고 해서는 안 된다. 하물며 북한이주민 가운데 상당수는 부모, 형제자매, 친인척을 두고 혼자 남한에 와 있다. 좋은 음식을 먹으면 북에 두고 온 가족들이 눈에 밟혀서 눈물이 나고, 좋은 곳에 가면 가족들과 오지 못한 자신의 처지가 속상해진다. 부모님은 어떻게 지내는지도 모르면서 친구들과 웃고 떠드는 내 모습에 죄책감이 든다.

* * *

내가 아는 한 친구는 북한에 계신 부모님이 너무 보고 싶어서 매일 눈물이 나고 어떤 일도 손에 잡히지 않는다고 했다. 가끔은 이렇게 힘들 바에는 그냥 죽는 게 낫겠다는 생각도 한단다. 어떻게 해서라도 북한으로 안전하게 돌아갈 수만 있다면 그러고 싶다고 했다. 남한 사람들 중에 북한으로 돌아가고 싶다는 말을 온전히 수용할 수 있는 사람이 얼마나 될까? 그래서 그들은 아무리 고통스러워도 혼자 슬픔을 삭이며 하루하루를 보낸다.

북한에 가족을 두고 온 경우 대부분의 사람들은 돈을 모아 가족에게 연락을 취한다. 브로커를 통해서 북한에 돈을 보내는데 수수료가 점차 오르더니 코로나19 때는 정점을 찍었고, 지금은 보내는 금액의 50퍼센트를 떼고 있다. 그래도 좋으니 제발 가족과 연락만 닿게 해달라고 간청했지만 8년이 지나도록 가족과 연락이 안 닿은 친구도 있다.

한 달에 250만 원을 벌어서 100만 원을 보내면 북한에 있는 가족에게는 고작 50만 원이 도착한다. 그마저도 못 보내는 사람들은 애간장이 탄다. 유니피벗에서 많은 사람과 소통하며 알게 된 사실인데 평양에 있는 가족과는 연락하기가 더 어렵다. 평양에는 고위간부에 속하는 핵심 계층이 많이 살고 있고, 중국 국경과도 많이 떨어져 있다 보니 감시를 뚫고 접촉하기가 어렵다고 한다. 사회적 지위가 높은 경우 가족 또는 친인척이 남한으로 탈북했다는 사실만 알려져도 평양에서 추방당하므로, 남한에서 소식을 전하기 위해 사람을 보내도 정부에 꼬리 잡히고 싶지 않아 피하는 경우도 많다. 볼 수 있는데 안 보는 것과 보고 싶은데 못 보는 것은 차원이 다르다.

＊ ＊ ＊

방송에 나오는 북한이주민 중에는 "자유를 찾아 대한민국에 왔다"라고 말하는 사람들이 있다. 하지만 북한이주민 모두가 '자유'를 찾아 남한으로 온 것은 아니다. 탈북 시점에 따라 제각각 이유가 다르고, 각자 처한 환경에 따라 탈북 동기도 다르다. 우리 가족은 가난을 피해 중국으로 갔고 다시 돌아가는 것은 더욱 위험하기 때문에 안전을 위해 외증조부모님의 고향이자 한민족의 땅을 찾아왔다. 어떤 이는 병을 치료하기 위해서 남한으로 왔고, 또 어떤 이는 중국에서 돈을 벌어 북한으로 돌아가려다 실패하고 남한까지 온 사람도 있고, 남한 드라마를 보고 국경을 넘었다가 다시 돌아가지 못한 사람 등 정말 각양

각색의 이유가 있다.

　하지만 분명한 것은 대다수의 사람들은 고향으로 영영 못 돌아갈 거라고는 생각하지 못했다는 것이다. 얼마 전 만난 친구도 그랬다.

　중국에 아는 사람이 먼저 가 있으니까 가서 돈 좀 벌고 금방 돌아올게.

　그렇게 떠난 것이 벌써 3년이 되었고 앞으로 가족을 영영 볼 수 없을지도 모른다는 사실을 받아들이기 너무 힘들다고 했다.

　나는 이산가족 분들이 부럽다. 그분들은 정부를 통해서 공식적으로 북한에 있는 가족을 만날 수 있는 기회가 있으니까. 물론 그 기회가 매우 희박하지만 말이다. 하지만 북한이주민에게는 그런 기회마저도 전혀 없다. 남북한이 자유롭게 왕래하는 날이 하루빨리 오길 바란다. 그것이 어렵다면 동서독이 그러했듯이 편지를 주고받는 것은 어떨까? 검열이 있어도 상관없다. 이마저도 어렵다면 안전하게 돈이라도 보낼 수 있다면 좋겠다.

정부에서 북한이주민이 겪는 고통에 관심을 가지고 꾸준히 노력한다면 충분히 만들 수 있는 변화라고 생각한다. 그날이 온다면 나는 제일 먼저 아빠의 산소로 달려갈 것이다.

　　　　대학 졸업 후 난 한 남자와
사랑에 빠졌다. 그리고 내 인생에서 처음으로 결혼이라
는 것을 진지하게 고민했다. 남북 청년들이 함께 만나
서 여행을 하며 진정한 친구가 된다는 의미를 담은 'True
Friend'라는 캠프를 준비하며 만난 사이였다. 그는 내가
다니는 학교 인근의 대학생이었고, 나보다 두 살 많았고,
키는 그리 크지 않지만 다부진 몸에 호감형의 얼굴을 하
고 있었다. 과묵한 편이었지만 덜렁대는 나를 옆에서 다
정하게 챙겨주었고 2박 3일간의 캠프에서 우리는 서서

히 끌리고 있었다.

　이틀째 되는 날 한 여학생이 그에게 관심을 보였다. 라이벌의 등장에 순간 긴장했다. 모두가 떠들며 놀고 있는데 갑자기 라이벌이 그에게 다가가 산책을 제안했다. 내 동공이 빠르게 흔들렸지만 나는 그 모습을 지켜볼 수밖에 없었다. 그런데 그가 나에게도 같이 산책을 가자고 제안했고, 그렇게 셋의 어색한 산책이 시작됐다. 걷다 보니 어느 순간 그와 내가 앞에서 걷고 그녀는 혼자 비를 맞으며 우리와는 약간 거리를 둔 채 뒤에서 걷고 있었다. 어쩌면 그녀가 있어서 우리는 서로의 마음을 명확하게 알 수 있었던 것 같다.

　우리는 매일 해가 뜰 때까지 밤새 통화를 했다. 말수도 없는 사람과 무슨 대화를 그렇게 오래했는지 모르겠다. 무슨 말을 해도 다 좋게만 들렸던 것 같다. 얼마 후 나는 하트 모양의 귀걸이를 선물받았다. 학생이라 돈이 없는 걸 아는데 금속 알러지가 있는 나를 위해 그는 금귀걸이를 준비했다. 마음을 받아들인다는 뜻으로 난생 처음 귀를 뚫었다. 그렇게 우리의 만남이 시작되었다. 언제 어떻게 어떤 이유로 서로에게 끌리게 되었는지 정확히 설명할 수 없었지만 그와 나는 사랑을 했고 내가 북한 이주민이라는 것은 관계에 전혀 방해되지 않았다.

그와 나는 다른 학교에 다녔지만 다행히 학교도 사는 곳도 가까워 자주 만날 수 있었다. 사실 우리가 만났던 때는 방학 기간이라 학교에 갈 필요가 없었지만 그를 보기 위해서 친구에게 그가 다니는 학교의 학생증을 빌려 함께 도서관 데이트를 했다. 그는 외교관 시험을 준비했고 매일 아침 7시에 도서관에 갔다. 나는 아침잠이 많았지만 그와 함께 있고 싶어서 밤 11시까지 같이 공부했다. 그를 만나러 가는 길은 이미 내가 전에 알던 그 길이 아니었다. 전날 대학생들이 술판을 벌이고 여기저기 버린 쓰레기마저 꽃잎처럼 보였다.

외무고시는 어려운 시험이었지만 그는 자신이 있다고 했다. 내 눈엔 그가 세상 제일 똑똑한 사람으로 보였다. 그는 빠르면 단번에 합격하거나 적어도 두 번째에는 합격할 거라고 나를 안심시켰다. 나와 계속 만나고 싶어 그렇게 말한 것인지 아니면 스스로도 그렇게 믿었던 것인지 정확히 알 수는 없지만 아마 둘 다였을 거라고 생각한다. 그는 첫 시험에서 떨어졌지만 나와 그의 가족은 그를 믿고 있었다.

1년이 지나고 2년이 되면서 서로의 가족에게 인사도 하고 가끔 만나서 같이 밥도 먹는 사이가 되었다. 매일 아침 눈을 떠서 잠자기 전까지 공부하는 그를 생각하면 안타까웠지만 한편으로 마음껏 데이트도 못 하는 상황이 힘들 때도 있었다. 어쩌다가 일주일에 한 번 만나도 우리는 카페에 가서 각자 해야 할 공부를 하고 밥을 먹고 헤어지는 것이 전부였다. 두 번째 시험에서는 1차를 통과했지만 2차에서 떨어졌다. 이번엔 아쉽게 떨어졌다고 했다. 그리고 보통 세 번은 본다고 했다. 하지만 그는 세 번째 시험에서도 2차에서 탈락했다. 모두가 기대했던 만큼 실망도 컸다.

가족을 만나고 온 그와 대화를 나누다가 나는 충격적인 이야기를 듣게 되었다.

가족들과 만나서 어떤 이야기를 나눴어?

그가 가족과 나눈 여러 가지 이야기를 했는데 그중 하나가 내 마음속에 비수로 꽂혔다.

혹시 서운이랑 연애하는 게 시험에 방해되는 거
아니니?

　그의 어머니가 물었을 때 그는 아니라고 답했다. 나
는 나와의 연애를 중단하길 바라는 어머니의 마음을 본
것 같아서 슬펐다. 나도 지쳤고 그도 많이 지쳐 있었다.
가족들의 불안도 높아지면서 그와 나도 다툼이 잦아졌
고, 결국 우리는 헤어졌다.

　다행히 그는 네 번째 시험에서 합격했다. 여유로워
진 그가 얼굴 한번 보자고 했고, 그렇게 우린 재회했다.
어렵게 다시 만났으니 그동안 못 해본 데이트도 하면서
이제 정말 고생 끝 행복 시작이라고 생각했다. 그런데 그
건 착각이었다.

　어느 날 그의 형과 함께 셋이 밥을 먹었다. 이런저런
이야기를 하던 중에 그의 형은 어머니가 나와 그의 만남
을 많이 걱정한다고 말했다. 혹시나 외교관이 된 동생의
앞길에 북한이주민인 내 상황이 걸림돌이 될까 봐 걱정
하신다는 것이었다.

　주먹으로 가슴을 세게 내리치는 느낌이었다. 그 말

을 하신 어머니에게도, 그 말을 전한 남자친구의 형에게
도 섭섭했다. 남자친구는 아무 말이 없었다. 억울함과 슬
픔, 화가 뒤섞여 눈물이 나는 것을 간신히 참고 자리를
정리하고 나와서 남자친구에게 울면서 따졌다.

북한에서 태어난 건 내가 어떻게 바꿀 수 없는
사실인데 날더러 어떻게 하란 말이야?

얼마 후 그는 연수원으로 들어갔고, 나에게 이별을
고했다. 그리고 함께 고시 공부를 하고 시험에 합격한 동
기와 만나 결혼을 했다.

그를 만나기 전 어떤 모임에서 만난 여성에게 자신
이 북한이주민이라 남자친구 부모님이 결혼을 반대한다
는 말을 들은 적이 있었다. 그때는 나한테도 똑같은 일
이 생길 거라고 상상하지 못했다. 나는 늘 당당한 사람
이었다. 북한에서 왔다는 걸 당당하게 말하고 싶었고, 무
시받고 싶지 않아서 남한 친구들보다 뒤처지지 않으려
고 노력했다. 그가 시험에 합격했을 때 나 또한 공무원
으로 일하고 있었기에 우린 제법 잘 어울린다고 생각했

다. 당시 엄마가 운영하는 사업이 잘돼서 경제적으로도 남자친구 집보다 훨씬 괜찮은 상황이었다. 그의 집에서 나를 반대하는 이유는 딱 하나, 내가 북한에서 왔다는 사실이었다. 직접 경험하고 나서야 내가 어찌할 수 없는 무엇이라 표현하기도 어려운, 나를 한없이 약한 존재로 만들어버리는 그런 '레드카드'를 내가 가지고 있다는 사실을 깨달았다.

* * *

내 사촌동생은 나와 함께 북한을 떠날 때 태어난 지 10개월이었다. 남한에 왔을 때는 다섯 살이었다. 그런데 그 아이가 어느덧 장성해 이제 대학을 졸업하고 여자친구를 사귀었다. 여자친구는 남한 사람이라고 했다. 사촌동생보다 몇 살 많은 연상이었는데 듬직하고 자기 일도 잘하는 사촌동생을 많이 좋아했다. 그녀는 부모에게 지금 만나는 사람이 있고 결혼하고 싶다고, 북한이주민이라고 말했다고 한다. 그녀의 부모는 내 사촌동생과 결혼하는 것을 완강히 반대했다. 역시나 북한 출신이기 때문이었다. 직계는 아니고 친인척 중에 고위공직자가 있는데 그들에게 안 좋은 영향이 갈 수도 있기 때문이라는 것이 그녀의 아버지가 내세운 이유였다.

눈에 흙이 들어가도 찬성할 수 없다고 해서 그녀는 부모와의 인연을 끊을 각오까지 하고 집을 박차고 나왔다. 사촌동생에게 이 이야기를 듣고 나는 너무 마음이 아팠다. 공교롭게 이 글을 쓰는 오늘도 나는 한 남성에게 나와의 문화 차이 때문에 우리의 만남이 걱정이 되고 무섭다는 말을 들었다. 문화 차이? 도대체 어떤 문화 차이를 말하는지 이해가 안 간다. 북한에서도 똑같이 명절을 보내고, 부모님에게 효도하는 것을 큰 미덕으로 여긴다. 남한에 살면서 북한 음식이라고 먹어봤자 가끔 북한 관련된 행사가 있을 때 시켜 먹는 순대와 두부밥(유부초밥과 비슷하다)이 전부다. 어떤 문화가 걱정된다고 말하는지 모르겠다.

이런 이유로 북한에서 온 것을 숨기고 결혼하는 사람들도 있다. 그렇게 결혼한 어느 여성은 남편에게 북한에서 왔다는 사실을 들켜 결혼 무효 소송을 당하고 결국 결혼 무효 판결을 받았다고 한다. 나는 내가 북한에서 왔다고 해서 부끄럽거나 위축될 필요가 없다고 생각한다.

단지 그 이유로 나를 거부하는 사람들과는 굳이 어울리고 싶지도 않다. 물론 황당하고, 억울하고, 슬프고, 화도 난다. 공부는 내가 노력하면 더 잘할 수 있고, 열심히 일하면 성공을 거머쥘 수도 있다. 외모도 가꾸면 더 아름다워질 테고, 노력하면 돈도 더 벌 수 있다. 하지만 북한이주민이라는 사실은 다시 태어나지 않는 이상 바뀌지 않는다.

친구들에게 오늘 내가 겪은 일을 말했고, 친구들은 나를 위로했다.

그 사람이 네가 미국에서 열 살까지 살다 왔다고 해도 지금처럼 문화 차이를 말했을지 의문이다. 그런 사람은 만날 필요가 없지.

아직 결혼도 하지 않은 내가 너무 사적인 연애사를 공개하는 게 맞는지 고민되기도 했지만 그럼에도 쓰기로 결심한 이유는 이 이야기는 북한이주민들이 아주 흔하게 겪는 문제이기 때문이다. 사랑엔 국경도 없다는 말은 우리에게 먼 이야기다.

　　　　　석사 공부를 하기로 결심했
을 때 등록금이 발목을 잡았다. 빨리 취업하길 바라는 엄
마한테 공부를 더 하고 싶으니 등록금을 내달라고 할 수
도 없었다. 다행히 미국 열린사회연구소 '공동체 리더십
장학금' 1기 장학생으로 선발되어 졸업할 때까지 등록금
걱정을 덜 수 있었다. 행복도 잠시, 장학금을 받는 과정
에서 나는 다소 황당한 경험을 했다.

　장학금은 장학생으로 선발된 후에 본인이 대학원에
원서를 넣고 합격해야만 장학금을 받을 수 있었다. 나는

청소년복지학을 전공할지 북한학을 전공할지 고민에 빠졌다. 북한에서 온 청소년을 더 이해하려면 북한학을 공부해야 하지만 다른 한편 그들이 처한 상황을 복지적 관점으로 접근해야 될 수도 있겠다고 생각했다. 북한학이나 청소년복지학 모두 북한이주 청소년을 더 잘 교육하기 위해 공부하려는 나의 취지와 잘 맞아서 어떤 전공을 선택해도 무방했다. 그래도 더 좋은 선택이 무엇일지 깊이 고민했다. 그런데 장학금을 담당하는 선생님은 내가 북한학을 선택하길 바란다고 했다. 그가 이어서 한 말들은 지금 생각해도 참 의아하다.

> 부모도 자식에게 등록금을 내주면서 바라는 것이
> 있는데, 하물며 남이 등록금을 내주는데 어떻게
> 다 본인이 하고 싶은 대로 하려고 하나요?

선생님은 덧붙여 북한에서 온 사람들은 감사할 줄 모르는 것 같다고 말했다. 감사한 마음은 흘러넘쳤지만 상대가 날 비난하니 감사하다는 말을 하고 싶지 않았다. 그 전까지 많은 선생님을 만났지만 이런 말을 하는 선생님은 처음이라 더욱 황당했다. 본인 돈으로 주는 장학금도 아니고, 자신은 월급을 받으며 행정 처리를 하는 것뿐인데 내가 누구에게 감사해야 한다는 것인지 이해할 수 없었다. 내가 감사할 사람은 열린사회연구소를 설립하고 나에게 기회를 준 조지 소로스가 아닌가? 또 내가 북한학을 선택하면 감사를 표시한 것이고, 청소년복지학을 선택하면 감사를 모르는 사람인 걸까? 나중에 알게 된 내용인데 장학금을 남한으로 가져오기 위해 노력한 사람이 북한학 교수님이었다. 행정 선생님은 내가 그 교수님의 체면을 살려주길 바랐던 듯하다.

　　장학금을 주는 사람은 나에게 아무것도 요구하지 않았다. 내가 열심히 공부해서 공동체의 건강한 일원으로 성장하길 바랐고, 북한 사회에 긍정적인 영향을 미치는 사람이 되길 원해서 나에게 장학금을 준 것이다. 그 취지에 맞게 나는 유니피벗을 설립했고 지금까지 북한 관련 일을 하고 있다. 이 책을 쓰는 것 또한 내가 장학금을 받은 것에 대한 보답이기도 하다.

　　《성경》에는 "오른손이 한 일을 왼손이 모르게 하라"라는 구절이 있다. 우리가 선한 행동을 할 때 어떤 마음

가짐이어야 하는지 일러주는 말이다. 선한 행동을 할 때는 선한 행동을 하고 있다고 스스로 의식하지 않을 정도로 자연스러워야 한다. 받는 사람은 대개 위축되기 마련이다. 어떨 수 없이 주는 사람의 눈치를 살피고 그 사람의 의도에 따라 행동하게 된다. 수평적인 관계가 성립할 수 없다. 가진 것을 나누고 누군가를 도우면서 자랑하고 싶은 마음이 있다면 아직 나눌 준비가 안 된 것이다.

나눔에는 아무런 대가가 없어야 한다. 상대가 어떤 감사함을 느껴야 한다는 생각도 대가를 바라는 것이고, 내가 무엇인가를 해줌으로써 그 사람이 내가 믿는 신을 믿길 바라는 마음도 대가를 바라는 것이다. 주는 사람의 마음도 중요하지만 받는 사람이 어떤 마음으로 받을지도 생각해야 한다. 상대방이 원하지 않는 선물이라면 오히려 오해가 쌓이고 관계만 나빠질 수 있다.

가난은 죄가 아니고 부끄러워 할 일도 아니다. 그러나 자본주의 세상에서 누군가는 가난을 무능력이라고 해석하려 한다. 마이클 센델Michael Sandel은 《공정하다는 착각》에서 현대 사회의 능력주의를 비판한다. 능력주의를 신봉하는 사회가 될수록 가난한 사람들은 움츠러든다. 대한민국에서 북한이주민도 마찬가지다.

　북한이주민은 빈손으로 남한에 온다. 집도 필요하고 취업을 하기 전까지는 기본생계비가 필요하다. 북한이주민에 대한 지원은 정착기본금과 취업장려금이 있다. 정착기본금은 북한이주민 모두에게 지급되는 것으로써 1인 세대 기준 900만 원이며, 주거지원금 1,600만 원을 포함하면 전체 2,500만 원이다. 취업장려금은 취업을 위한 훈련 과정을 이수하면 주어지는 것으로 1년 과정을 수강하면 200만 원을 주고, 자격증 취득을 하면 200만 원을 주는 방식이다.

　북한이주민에 대한 지원정책은 왜 필요할까? 단순히 불쌍하기 때문일까? 애덤 스미스Adam Smith는《국부론》에서 "우리가 식사를 할 수 있는 것은 푸줏간, 술도가, 빵집 주인의 자비심이 아니라 자신의 이익에 대한 그들의 관심 덕분이다. 우리는 그들의 인류애가 아니라 자기애에 호소하며, 그들에게 우리의 필요가 아니라 그들이 얻을 이익을 말해줄 뿐이다"라고 했다. 북한이주민에 대한 남한 사회의 지원 정책도 마찬가지다. 선한 자비심이 아니라 대한민국의 이익을 위한 것으로 봐야 한다.

정부는 북한이주민을 "먼저
온 통일"이라고 부른다. 이 말에는 북에 있던 사람들이 남
으로 내려온다는 것은 북한 정권이 곧 무너져 통일이 가
까워진다는 뜻이 담겨 있다. 그들이 한국 사회에서 잘 뿌
리내리고 살아야 북한에 있는 다른 사람들이 소식을 전
해 듣고 남한으로 더 많이 내려올 것이다. 다문화가족보
다 북한이주민에 대한 지원이 더 많은 이유다. 여기에는
북한이주민이 가진 특수성이 반영되었다고 할 수 있다.
대부분의 북한이주민은 북에 남아 있는 가족들과 어

떻게든 연락을 하고 지낸다. 어떤 말을 주고받을까? 가족이 해외로 갔는데 연락이 닿으면 어떤 대화를 나누게 될지 상상해 보면 금방 알 수 있다. "잘 지내? 사람들은 잘 해줘? 먹고사는 건 괜찮아? 거기는 살기 좋아?"와 같은 질문을 하고 대화를 나눌 것이다. 북한이주민도 마찬가지다. 2023년 9월 집계된 북한이주민 입국 현황은 3만 4,021명이다. 북에 두고 온 가족과 친척에게 남한 생활을 알려준다면 북한에 있는 몇십만 명의 사람들에게 정보가 유입되는 것이다.

그런데 현재 정부는 북한이주민이 남한 사회에 잘 흡수되는 것에만 초점을 맞추는 듯하다. 이는 북한이주민의 가능성과 역할을 매우 한정적으로 바라보는 것이다. 언제 닥칠지 모르는 통일이라는 변화를 제대로 준비하고 위기를 기회로 만들기 위해서 가장 먼저 북한이주민에 대한 관점을 소극적 지원이 아닌 적극적 투자로 프레임 전환해야 한다.

북한이주민은 분단된 대한민국에서 유일하게 북한과 남한을 모두 경험한 사람들이다. 남과 북이 동서독과 같이 통일을 맞이하게 된다면 남과 북을 모두 이해하는 사람들의 역할이 커진다. 북한에 가서 도시 계획을 할 사람들도 필요하고, 각종 행정시스템을 남한과 일치시키기 위해 공무원도 대거 투입해야 한다. 기업들도 앞다투어 북한으로 진출하고자 할 것이다. 도로망, 철도, 수도시설 등 새로운 인프라를 만들어야 하고, 중소기업들도 남한보다 땅값도 저렴하고 중국과도 가까운 곳에 공장을 세우고 싶어 할 것이다. 그러면 은행들도 북으로 진출해야 한다. 남북 교류의 문만 열린다면 수많은 기업이 더 좋은 기회를 잡으려 할 것이고 각 기업이 들어가서 북한 주민과 원활히 소통하면서 리스크를 줄이는 역할을 할 수 있다. 이때 북한과 남한을 모두 잘 아는 북한이주민의 역할이 매우 중요하다.

＊ ＊ ＊

2023년 11월 유니피벗에서는 개성공업지구관리위원회 관리총괄본부(북한)에서 근무한 경험이 있는 홍승표 박사를 초대해 '개성공단 경험으로부터 배우는 남북교류협력' 강연을 진행했다. 홍승표 박사님에게 들은 이야기는 매우 흥미로웠다.

개성공단에 들어갔던 기업들은 모두 '한계기업'이었다고 한다. 한계기업이란 영업이입이 매우 낮아 대출 이자조차 감당하지 못하는 기업을 말한다. 중소기업들이 중국과 베트남으로 많이 나가던 시절이었는데 그조차도 어려운 기업들이 개성공단이라는 카드를 선택한 것이다. 그래서 그때 아예 "중소기업 상생"이라는 슬로건을 걸고 개성공단 사업이 추진되었다고 한다. 당시 부도가 났던 기업이 있는데 개성공단에 들어간 지 5년 만에 회생했다. 북한의 인건비가 워낙 저렴하고 노동력은 훌륭했기 때문이란다.

박사님의 부모님은 패션디자인을 전공하셨다고 한다. 개성공단에서 옷을 구해서 부모님에게 드리면 제일 먼저 바느질을 보시는데, 이태리제 수준이라고 평가하실 정도란다. 부모님이 판매가격을 물으셔서 100만 원이라고 얘기했더니 "야, 이거 메이커로 바꿔달면 500만 원에도 팔 수 있다"라고 하셨단다. 그러니 개성공단 기업들이 돈을 벌 수밖에 없다.

개성공단 토지 분양가는 한 평에 고작 15만 원이었다고 한다. 더군다나 베트남이나 중국에서 사업하는 것에 비하면 훨씬 많은 유통비를 절약할 수 있다. 이번에 개성공단에 들어갔던 기업들은 10년 동안 토지세를 면제받았다고 했다. 북측 노동자들이 하는 말이 있다고 한다.

사장 선생들 말이야, 매년 차를 바꿉니다.
1만 달러짜리 탔다가 지금은 20만 달러짜리
차까지 타고 그러는데 우리도 다 압니다.

그러니 개성공단에 들어간 기업들이 돈을 엄청 벌었다고 할 수 있다. 그들이 다시 개성공단에 들어가고 싶어 하는 이유다.

개성공단이 문을 닫은 후 5년 차까지 기업들에게 개성공단이 재개되면 다시 들어가고 싶은지 물었더니 97퍼센트가 그렇다고 답했다. 그 말은 그만큼 수익이 확실하다는 의미로 해석된다.

현행 헌법 제4조는 통일조항으로서 "대한민국은 통일을 지향하며 자유민주적 기본질서에 입각한 평화적 통일정책을 수립하고 이를 추진한다"라고 규정하고 있다. 대통령이 취임할 때 읽는 선서문에도 평화통일을 위해 노력하겠다는 내용이 포함되어 있다.

〈대통령 선서문〉

나는 헌법을 준수하고 국가를 보위하며
조국의 평화적 통일과 국민의 자유와
복리의 증진 및 민족 문화의 창달에 노력하여
대통령으로서의 직책을 성실히 수행할 것을
국민 앞에 엄숙히 선서합니다.

통일을 해야 하는 상황이 온다면 우리는 피할 수 없다. 헌법에서 통일을 완전히 지우던가, 그럴 수 없다면 통일을 제대로 준비해야 한다. 통일 준비에 있어 북한이주민의 역할을 과소평가해서는 안 된다. 북한이주민과 북한이주민의 자녀들까지 그들이 남한 사회 각자 위치에서 어떤 능력을 얼마나 갖추고 있느냐에 따라 가능한 역할의 범위가 달라진다.

더불어 통합과정에서 발생하는 충격을 얼마나 줄이는가 또한 그들의 능력치에 따라 달라질 것이다. 북한이주민이 남한 사회에서 각 분야의 전문가로 역량을 발휘하고 있을 때 남북한 교류의 문이 열린다면 그들은 남과 북 사이에서 더 많이, 더 중요한 핵심역할을 하며 북으로 진출한 남한 기업의 위험부담을 줄이는 데 도움을 줄 것이다. 하지만 반대로 북한이주민이 지금처럼 소외받고 역량을 키우기 어려운 상황이라면 그들이 필요할 때, 우리 사회는 그들에게 제대로 역할을 부여하지 못할 것이다.

언어는
차이가
아니라
문제

　　　　　　2015년 지인에게 한 통의 전
화를 받았다. 방송국에서 북한이주민이 남한에서 언어 차
이로 겪는 어려움을 취재하고 싶은데 도움을 줄 수 있겠
냐고 했다. 섭외 전화를 한 사람에게 나는 분명히 말했다.

　언어 차이는 크지 않습니다. 표준어와
　사투리 정도의 지역적인 특징만
　있을 뿐입니다. 취재 목적에 부합하는 말을
　해드리지 못할 것 같습니다.

섭외하는 사람도 나와 같은 북한 출신이었는데 내 말에 전적으로 동의한다고 했다. 그러면서 방금 한 말을 인터뷰에서 하면 된다고 했다.

약속을 정하고 제작진과 만남을 가졌다. 카메라를 켜고 인터뷰는 약 3시간 정도 이어졌다. 작가는 북한이주민이 북한 말투 때문에 많이 어려워하고, 어떤 시민단체에서는 남북한말 사전 어플리케이션을 만들어 화제가 되고 있다며, 정말로 그렇게 많은 사람이 말투 때문에 어려움을 겪고 있냐고 물었다. 나는 북한이주민이 표준어를 쓰려고 노력하는 것은 맞지만 문제는 북한 말투가 아니라 북한이주민에 대한 편견이라고 답했다.

남북이 서로 다르게 사용하는 단어는 있지만 북한 말은 들으면 어떤 뜻인지 예측할 수 있다. 북한이주민 다수는 함경북도에서 왔는데 함경북도 사투리와 서울말의 차이는 부산 사투리와 표준어의 차이 정도라고 본다. 북한이주민이 남한에 와서 언어 문제로 겪는 어려움은 대부분 남한에서 남발하는 외래어와 신조어 때문이다. 외래어와 신조어로 인해 발생하는 차이는 남북한의 언어 차이라고 하기 어렵다. 외래어와 신조어를 북한이주민에게 알려주는 것에는 동의하지만 북한이주민에게 표준어 교육을 하는 것에는 반대한다. 부산 사람에게 표준어를 따로 교육하지는 않으니 말이다.

* * *

남한의 외래어와 북한말을 비교하며 남북한 언어 차이라고 말하는 것은 유의해야 한다. 예를 들면, 남한에서는 '도넛'이라 하고, 북한에서는 '가락지빵'이라고 하는데 이것을 남북한 언어 차이라고 말할 수 있을까? 한 기관에서 통일교육에 이용하는 남북한 단어 맞추기 보드게임을 본 적이 있는데 남한말이라고 제시한 단어들 대부분이 외래어였다. 남북한의 언어 차이가 완전히 없다는 말을 하는 것이 아니다. 남한에서는 '오징어'라고 부르는데 북한에서는 '낙지'라고 한다. 남한에서는 '가르치다'라고 하는데 북한에서는 '배워주다'라고 한다. 하지만 남한 내에서도 지역마다 언어의 차이가 존재한다. 북한도 지역내 언어 차이가 존재한다. 그러므로 남북한 언어 차이라는 것도 어떤 부분에서는 성립되지만 다른 기준에서는 성립되지 않는다.

지역마다 고유한 언어는 오히려 지역의 특색을 나타내는 것으로써 없애야 할 것이 아닌 보존해야 할 것으로 봐야 한다. 영어가 전 세계 공용어가 되었다고 해서 우리가 한국어를 버리고 영어를 채택하지 않는 것과 같다. 북한이주민은 남한에 와서 남한말을 이해하지 못해서 적응하기 어렵다고 말하지는 않는다. 북한이주민이 표준어를 배우려고 하는 것은 북한에서 온 사실을 더욱 철저히 숨기기 위함이다. 이를 두고 남한 사람들은 "북한이주민들이 남한에서 언어 문제로 힘들어 한다"라고 해석하는 데에서 그친다. 표면적으로만 보면 맞지만 더 깊이 따져 봐야 한다. 언어가 달라서 소통에 어려움이 있는 것인지, 소통과 무관하게 다른 이유로 표준어를 배우려고 하는 것은 아닌지, 그리고 다른 이유로 표준어를 배우려 한다면 어떤 이유인지 계속 파고들어 문제의 근본을 파악해야 한다.

* * *

외래어로 인한 어려움은 어느 정도 시간이 지나면 익숙

해진다. 익숙해지지 않는 것은 차이가 차별로 돌아올 때다. 말투로 어느 지역에서 온 사람인지 추측이 되고, 북한에서 왔다는 사실이 알려지면 북한이주민이라는 이유로 여러 가지 차별을 경험하는 것이 문제다. 인터뷰에서도 나는 이런 생각을 꼭 전달하고 싶었다. 두 시간 동안 열정을 다해서 설명하니 제작진도 이해하는 눈치였다.

이제 슬슬 마무리를 해야 할 것 같다며 "마지막으로 정말 궁금한데 그럼 서윤 씨는 지금까지 단 한 번도 말투를 교정하기 위해 노력한 적이 없어요?"라고 물었다. 나는 국어교육과를 진학하기 위해 면접 보기 전에 연필을 입에 물고 발음 교정을 한 적이 있다고 했다. 계속 연습을 하다 보니 입에서 피까지 났었다. 하지만 이러한 나의 노력은 내가 북한에서 왔기 때문이 아니라 국어선생님이 되기 위해 면접을 보러 온 모두가 해야 하는 노력이었다고 덧붙였다.

나는 인터뷰를 무사히 마쳤다고 생각했다. 하지만 며칠이 지난 후 공개된 방송을 보고 나는 황당함을 금치 못했다. 내가 두 시간 동안 했던 말은 사라지고 북한에서 온 청년이 북한 말투를 고치기 위해서 입에 피가 날 정도로 열심히 교정했다는 내용만 짧게 편집이 되어 방송에 나갔다.

황당함을 넘어서 화가 났다. 다른 곳에서는 매번 남북한의 언어 차이가 없다고 말하고, 심지어 있다고 한들 말투를 교정할 필요는 없다고 했으면서 정작 본인은 피가 날 때까지 노력했다니 내가 그토록 싫어하는 거짓말쟁이가 된 것이다. 나는 방송국에 항의를 했다. 촬영을 진행했던 사람들은 사과를 했지만 이미 방영이 된 영상은 수정할 수 없다고 했다. 그러면 게시판에 올린 영상이라도 수정을 해달라고 했다. 하지만 그 또한 굉장히 번거로운 절차를 거쳐야 한다며 나에게 양해를 구했다. 방송국에서 일하는 분들도 얼마나 힘들지 아니까 화가 났지만 그냥 넘기기로 했다. 지금도 '북한 말투 고치고 남한 말 배워요'라는 제목을 검색하면 그 영상이 뜬다.

한 사회에 표준어만 있다면 얼마나 단조롭겠는가. 한때 표준어의 정의도 많은 비판을 받았다. 국어사전에는 표준어를 "전 국민이 공통적으로 쓸 수 있는 자격을 부여받은 단어. 우리나라에서는 교양 있는 사람들이 두루 쓰는 현대 서울말로 정함을 원칙으로 한다"라고 정의하고 있는데, 그중에서 "교양 있는 사람들"이라는 부분이 비판을 받았다. 서울말 쓰면 교양이 있는 사람이 되고 사투리를 쓰면 교양이 없는 사람이라는 말처럼 들리기 때문이다.

언어에는 역사, 문화, 정체성이 담겨 있다. 같은 나라인데도 특정 지역의 언어를 사용하지 못하도록 어떠한 분위기를 포함한 압박이 가해진다면 그것은 그 문화에 대한 억압이자 폭력이라고 봐야 한다. 그러므로 서울 사람이 부산에 간다고 해서 서울말을 버리라고 하지 않고, 반대로 부산 사람이 서울에 온다고 해서 무조건 부산 사투리를 버리고 서울말을 배워야 한다고 강요하지 않는다.

전자에는 동의하는 사람이 많지만 지방에서 서울로 상경한 사람들은 의아할 수도 있다. 왜냐하면 지방에서 서울로 온 사람들은 표준어를 사용하기 위해 노력하기 때문이다. 물론 북한이주민이 받는 압박보다는 덜하다. 여하튼 서울로 상경한 사람들 중에 모두는 아니지만 상당수, 특히 청년들은 서울말을 사용하기 위한 자신만의 노력을 하는 것으로 알고 있다. 그렇다고 정부가 나서서 그들에게 서울말을 가르치는 프로그램을 제공하지는 않는다.

* * *

정부와 민간단체에서는 북한이주민에게 표준어를 교육하는 다양한 프로그램 제작을 지원한다. 북한이주민 중에도 표준어 발음 교정을 원하는 사람이 많다. 그러나 어떤 방식으로든 북한에서 왔다는 것이 다른 사람에게 알려졌을 때 피해가 아닌 이익을 얻게 된다면 굳이 북한에서 온 사실을 숨기려 하지 않을 것이고 북한 말투를 바꾸려 노력하지도 않을 것이다.

남북한 사람들의 생김새는 같다. 옷 입는 스타일도 시간이 조금만 지나면 구분되지 않는다. 식습관도 문제가 아니다. 나처럼 떡볶이를 잘 안 먹는 사람이 있어도 개인의 취향이라 생각한다. 북한이주민에게 말투를 바꿔야 한다고 말하는 대신 우리 사회가 인식을 바꿔야 하는 문제가 아닐까.

사람들은 나에게 묻는다.

서윤 대표는 북한에서 열 살까지밖에 안 살았는데
지금처럼 북한 관련된 일을 계속하는 이유가
있어요? 아직 북한이주민이라는 정체성을 가지고
있다고 할 수 있나요?

출판사와의 첫 미팅에서도 유사한 질문을 받았다.
편집장님도 어렸을 때 강원도에서 살다가 서울로 왔는

데 이젠 어릴 때 기억이 뚜렷하지도 않고, 강원도 사람이라는 정체성이 강하지도 않아서 내 원고를 보며 궁금증이 생겼다고 하셨다. 편집장님의 상황과 내 상황은 어떤 부분에서 다를까?

정체성은 개인이 혼자서 형성할 수 있는 것이 아니다. 사람은 거울에 자신을 비춰 보지 않는 이상 본인이 어떻게 생겼는지 알 수 없다. 심지어 어떤 색깔이 내 피부색과 어울리는지도 알 수 없다. 물론 어떤 색을 아름답다고 인식하는 것도 한 개체가 속한 문화에서 영향을 받은 결과다. 거울이 없어도 우리를 비추는 것이 있다. 바로 타인의 시선이다. 내가 스스로를 볼 수는 없어도 다른 사람들은 나를 보고 '어떤 색이 어울린다' 또는 '얼굴에 무엇이 묻었다'고 말해준다. 만약 남한에서 아무도 내가 북한이주민이라는 것을 신경 쓰지 않았더라면 나도 내가 북한에서 왔다는 사실을 잊고 살았을지도 모른다.

어린 왕자처럼 완전히 다른 별에서 왔는데, 전에 살던 별에서는 다이아몬드가 돌맹이 취급을 받았다고 상상해보자. 그런 별에서 동맹이를 하나 가져왔는데 이 별에 사는 사람들은 서로 갖겠다고 난리를 치는 것이다. 네가 가진 그 돌이 이곳에서는 엄청나게 값비싼 것이며 그거 하나만 있으면 뭐든지 할 수 있다고 말한다. 그때부턴 마음이 달라진다. 씀씀이도 달라지고, 사람들과의 관계도 달라지고, 세상을 바라보는 시선도 달라질 것이다. 나라는 존재 자체는 아무런 변화가 없어도 상대가 나를 다르게 바라보고 다르게 대하면 내 생각과 태도, 더 나아가 나의 가치관도 달라진다. 인간은 사회적 동물이기 때문이다.

북한에서 살 때 내가 북한 사람이라는 것이 나에게 의미가 있었을까? 아무런 의미가 없었다. 그렇다면 중국에서 4년을 살 때는 의미가 있었을까? 북한만큼은 아니지만 사람들에게 내가 북한에서 왔다고 말하지 않았기 때문에 나의 정체성 형성에 큰 변화는 없었다.

국정원에서는 대한민국 국민으로 인정받기 위해 태어날 때부터 남한에 오기 전까지의 모든 기억을 진술해야 했다. 나는 한글을 잘 몰라서 말로 조사받았다. 비어 있는 부분이 있으면 또 묻고, 열 명의 가족이 한 말이 조금씩 다르면 서로 대조를 하는 식으로 조사가 진행됐다. 지금 생각하면 범죄자도 아닌데 몇 주씩 사람을 가두고 조사를 하는 것이 법에 맞는지 의문이 들지만, 그땐 혹시나 의혹을 다 풀지 못해 다시 북한으로 가야 하는 것은 아닐지 걱정이 되어 적극적으로 조사에 임했다.

나의 기억과 답변에 우리 가족 열 명의 생사가 달렸다고 생각하니 아주 작은 기억도 다 끄집어내기 위해 노력하지 않을 수 없었다. 사회로 나온 후에도 내가 경험한 북한에서의 삶을 궁금해하는 사람들이 있었고, 강연 요청이 있을 때마다 내 이야기를 들려줬다. 기억을 수시로 떠올린 덕분에 북한에서 열 살까지밖에 살지 않았지만 생생한 기억을 많이 가지고 있다.

정체성은 나의 내면과 외부 환경이 부딪칠 때, 조정하고 조율하며 형성된다. 초등학교 때 친구들은 북한에서 온 나에게 뿌리가 없다고 신기해했다. 북한에서 왔는데 어떻게 뿌리가 없냐고 했다. 내 입장에서는 내가 왜 뿌리가 있어야 하는지 이해할 수 없었다. 누군가는 나에게 간첩이냐고도 물었다. 처음으로 '나는 이런 질문도 받을 수 있는 사람'이라는 것을 알게 되었다. '간첩'이라는 단어를 영화나 뉴스에서만 접했지 내가 직접 들을 거라고는 상상도 못 했다. 나는 남한에서 간첩으로 의심받을 수 있는 사람이었다.

만약 여러분에게 어떤 사람이 와서 "당신 혹시 간첩이에요?"라고 물으면 어떤 기분이 들 것 같은가? 어이가 없고 황당할 것이다. 그 감정이 딱 내가 느낀 기분이다. 물론 매를 맞는 상상을 하는 것과 실제로 매를 맞는 것은 다르듯이, 여러분이 아무리 실감나게 상상을 해도 내가 받은 정도의 충격과는 차이가 있을 것이다.

초등학교 때 들었던 "우리(남한 사람들)가 낸 세금으로 너희(북한이주민)가 살고 있다"라는 말도 지금 생각하면 황당하기 그지없다. 우리 가족도 일해서 돈을 벌고 세금을 내는데 왜 우리의 세금으로 자신들도 혜택을 받고 있다는 걸 모르는 걸까? 처음엔 세금이라는 말이 굉장히 생소했다. 하나원에서 세금에 대해 배웠지만 북한에는 없는 개념이기 때문에 들어도 정확한 의미를 모를 때였다. 그래도 맥락상 어느 정도 이해할 수 있었다. "너희들은 우리의 도움으로 살아가는 존재"라는 뜻이었고, 그러므로 환영받기 어려운 존재라는 의미를 간파할 수 있었다.

이 모든 신호가 그 아이들과 나 사이의 보이지 않지

만 두꺼운 벽이 되고 있음을 마음으로 느꼈다. 즉 나는 '타자'였다. 그들과 다른 존재였다. 이렇게 나는 내가 북한에서 왔다는 사실을 도저히 잊을 수 없는 환경에서 살아왔다. 남한 사회에서 내가 만난 많은 사람이 내가 그들과 같을 수는 없다고, 나는 북한이주민이라고 상기시켰다.

어떤 사람들은 묻지도 않았는데 제멋대로 나의 정체성을 규정하기도 한다.

북한에서 10년을 살고 남한에서 20년을 넘게 살았는데, 그럼 이제 한국 사람이지.

그러면 나는 대답한다.

전 북한 사람이기도 하고 남한 사람이기도 합니다.

나는 분단국가 대한민국의 국민이다. 반쪽짜리 북한도 남한도 아닌 남과 북을 모두 합한 대한민국 말이다. 그래서 난 내 정체성에 대한 질문을 받는 것 자체가 불편하다. 질문이 아니라 본인의 생각을 주입하는 것처럼 느껴진다. 또한 이분법적인 질문도 굉장히 불쾌하다. 그런 말을 하는 사람은 항상 북한 사람 아니면 남한 사람이라는 식의 답을 가지고 있다. 남과 북을 모두 살아본 내가 선택할 수 있는 답은 처음부터 없다.

내 정체성은 나만 규정할 수 있다.

한국 사람이 열 살에 미국으로 이민을 갔다고 생각해보자. 그럼 그 사람은 한국 사람이 아닌 것일까? 한국 사람이라는 정체성을 잃어버렸을까? 그것은 알 수 없다. 본인이 한국 사람이라는 정체성을 버리고자 한다면 버릴 수 있지만, 한국 사람이라는 정체성을 유지하면서 '미국에 사는 한국 사람'이라는 정체성을 형성할 가능성이 훨씬 높다.

여섯 살 때 미국으로 갔던 에릭에게 그동안 내가 줄곧 받았던 질문과 비슷한 질문을 해봤다.

너는 스스로 한국 사람이라고 생각해? 아니면
미국 사람이라고 생각해?

에릭이 대답했다.

나는 35퍼센트 한국 사람이고, 65퍼센트 미국
사람이라고 생각해.

각자 처한 상황에 따라 다르겠지만 과거의 경험이
완전히 지워지는 것은 거의 불가능하다.

남한 사람들은 에릭과 같은 사람을 한국 사람이라고
생각할까? 아니다. 그들은 한국 사람이 맞지만 어떤 부
분에서는 또 다른 한국 사람이다. 한국에서 10년을 살고
미국에서 30년을 살면 그들을 미국 사람이라고 할까? 보
통은 '검은 머리 미국인'이라고 한다. 미국에서도 그들은
이주민이고, 한국에서도 그들은 한국을 떠난 한국 사람
이니, 한국 사람이 아닌 한국 사람이 되는 것이다. 이런
류의 사람들은 평소에는 주목받지 못하지만 유명해지는
순간 다시 한국 사람이라며 뉴스를 장식한다.

나는 북한 사람이지만 북한 사람이 아니고 남한 사
람이지만 남한 사람이 아닌, 남과 북 틈새에 선 '경계인'
이다. 인간 비무장지대인 것이다. 남한 사회에서는 '이방

인'으로도 불리고 있다. 내가 스스로 경계인이 되고자 한 것이 아니라 한국 사회에서 만난 무수한 사람이 "너와 나는 다르다"라고 취급했기 때문에 경계인이 될 수밖에 없었다.

모든 방향이 옳기 때문에 정체성이 형성되는 것은 아니다. 무비판적으로 이루어지는 부분이 상당히 많다. 아이폰이나 인스타그램이 유행하는 것처럼, 더 나아가 10대가 사용하는 유행어나 신조어처럼 말이다. 대부분 즐거워하니까, 다 같이 좋아하니까 그거면 충분한 것이다. 여기에서 중요한 것은 '모두 함께'다. 만약 10대 사이에서 탈북이 대단하거나 멋지다고 인정받았더라면 내가 북한학을 공부하겠다고 박사까지 진학하는 일은 없었을지도 모른다. 북한 출신이라는 나의 정체성이 내 주요 연구 대상이 되지 않았을 것이고, 북한이나 북한이주민 관련 일이 아닌 다른 분야에 관심을 가졌을 것 같다.

나에게 "이제 한국 사람 다 됐네"라고 말하는 사람들은 모두 나를 칭찬하는 것처럼 말한다. 악의가 전혀 없다는 것을 잘 안다. 하지만 한국 사람이 된다는 것이 칭찬받을 일인가? 그냥 나는 북한에서 태어나 남한에서 살고 있는 경계인이면 안 되는 걸까?

　　나를 남한 사람으로 만들기 위해 한 말이 오히려 경계인으로서의 정체성을 더욱 강화시킨다. 만약 내가 북한에서 왔다고 할 때 아무도 크게 관심을 가지지 않았다면 현재 나의 경계인 정체성은 형성되지 않았을 것이다. 전주 사람이 서울 왔다고 누구도 특별한 반응을 보이지 않듯이, 강원도 사람이 인천으로 이사 왔다고 "이제 당신은 강원도 사람이 아니라 인천 사람입니다"라고 말하지 않듯이, 그냥 내버려두면 오히려 자연스럽게 자신이 북한 사람이었던 것을 잊고 남한 사람으로 살았을 것이다. 북한이주민의 정체성은 남한 사람이 북한 사람을 대하는 방식에 달려 있다.

두
리
안
같
은
자
유

솔직히 남한으로 오기 전까
지 '자유'라는 단어를 한 번도 떠올린 적이 없다. 두리안
을 먹어보지 않은 사람에게 두리안을 먹고 싶다는 욕망
이 생길 수는 없는 것처럼 말이다. 그러므로 북한이 이미
자유로운 나라이기 때문에 자유를 생각하지 않는 것은
아니다. 또 두리안을 먹어본 모든 사람이 두리안을 좋아
하는 것은 아니다. 두리안은 '과일의 황제'라는 명성이 있
다. 하지만 나는 냄새 때문에 좋아하지 않는다.

세상 사람 모두가 찬양하는 음식이라도 모두의 입

맛에 맞을 수는 없다. 자유도 마찬가지다. 어떤 사람에겐 자유가 너무나 좋은 것이지만 또 어떤 사람에게는 때로 부담스러운 것일 수도 있다.

나와 외할머니가 경험하는 남한 사회는 많이 다르다. 외할머니는 남한에 왔을 때 이미 60세가 넘었고 아픈 곳도 많아 남한에서 일을 해본 적이 없다. 내가 연구직이나 공무원으로 일하면 공적인 영역에서 일하는 것이니 평생 한곳에서 일하는 것이 아니냐고 물으신다. 나는 연구직으로 있을 때도 그랬고 공무원으로 있을 때도 정해진 기간이 있는 계약직이었다. 외할머니는 몇 년 단위씩 계약해서 일한다는 것을 이해하지 못했다. 내가 "이제 공무원 그만둔다"라고 하니까 외할머니가 물으셨다.

그럼 이제 나라에서 다른 일하게 해주는 거야?

깜짝 놀랐다.

할머니 여기는 자기 직업은 본인이 찾아야 하고, 공무원도 평생 근무하는 '늘공'이 있고 나처럼 어쩌다 공무원이 된 '어공'도 있어요.

외할머니는 "뭔 나라가 그렇다니?" 하신다.
그런 외할머니에게 자유에 대해 길게 설명드릴 수는
없었다.

* * *

남한에서 북한의 자유를 말할 때 '여행의 자유가 없다'는
이야기를 많이 한다. 북한은 한 지역에서 다른 지역으로
가려면 여행증을 발급받아야 한다. 합당한 사유를 작성
해서 여행증을 신청하고, 허가가 떨어지면 정해진 기간
여행을 하고 돌아올 수 있다. 해외도 갈 수 있는데 허가
받기가 매우 어렵다. 해외라고 했을 때 북한 사람들이 많
이 가는 곳은 가장 가까운 중국이다.

북한에 경제난이 있기 전에 사람들은 거의 이동하지
않았다. 북한에서는 개인의 직업을 모두 국가가 배치하
는 방식이고, 결혼을 하면 국가에서 직장과 가까운 곳에
집을 제공하기 때문에 다른 지역으로 옮긴다는 것은 이
모든 것을 국가가 재배치해야 한다는 뜻이다.

이 시스템의 취지는 필요한 모든 인력을 국가에서 파악하고 각 분야에 필요한 인력만큼 교육을 하고, 교육받은 사람을 일자리에 100퍼센트 배치해 일하도록 하는 것이다. 이것이 바로 '계획경제'인데, 매년 세우는 새해 계획도 성공할 가능성보다 실패할 가능성이 더 높듯이 북한의 계획경제 또한 성공한 날보다 실패한 날이 더 많았다. 새해 계획이 매번 실패할 수밖에 없는 이유는 갑작스럽게 발생하는 예외적 상황을 모두 예측할 수 없는 상태에서 계획하기 때문이라고 한다.

감기에 걸리는 날도 있고, 연애하다가 실연하는 날도 있고, 어쩌다가 교통사고로 몇 주 동안 아무 일도 못 하고 입원하는 날도 있다. 국가도 마찬가지다. 팬데믹를 예상하고 국가 경제를 계획하지는 않는다. 코로나19로 인해 4차 산업 붐이 일었고, 러시아가 우크라이나를 공격해 세계 밀가루 가격이 폭등하고 원유 가격이 치솟을 것이라고는 누구도 예상하지 못했다.

북한은 1990년대 중반 경제난을 겪으며 사회·경제 전반에 걸쳐 커다란 변화를 겪었다. 사람들은 일을 해도 배급을 받지 못해 어떤 방법이라도 찾아야 했다. 집 안의 물건을 밖으로 가져가 아는 사람끼리 물물교환을 하다가, 다른 지역으로 가서 모르는 사람과 물물교환을 하고, 이런 일이 빈번해지니 물물교환이 아닌 돈을 받고 물건을 파는 장사가 시작되었다. 앞서 북한은 다른 지역을 방문하려면 여행증이 있어야 한다고 했지만 이때는 합법적으로 여행증을 신청하고 허가를 기다릴 여유가 없었다.

일부 사람들은 합법적으로 허가를 받았지만, 일부는 뒷돈을 주고 여행증을 획득하고, 일부는 그냥 장사를 하다가 걸리면 검문소에 뇌물을 주고 빠져나가는 식으로 다양화되었다. 해외로 가는 것도 마찬가지였다.

* * *

나는 여행을 무척 좋아한다. 1년에 한 번씩은 꼭 해외여행을 하려고 한다. 주변 사람들과 여행을 주제로 대화를 나눌 때도 많다. 회사에서 나보다 한참 나이가 많은 상사와 이야기를 하던 중 남한에도 여행이 자유롭지 않던 시절이 있었다는 것을 알게 됐다.

1983년 이전 남한은 공무 등 확실한 사유가 있는 경우에만 심사를 통해 여권을 발행하고 관광 목적으로는 여권을 내주지 않았다. 그나마도 복수 여권이 아닌 단수 여권을 발급해 해외에 나갈 때마다 여권을 새로 만들어야 했다. 까다로운 신원조회를 거쳐야 했고 반공연맹(현 자유총연맹)이 주관하는 소양교육도 받아야 했다. 교육 이수자에게 나눠 주는 소책자에는 '나는 대한민국을 대표한다'라는 제목이 쓰여 있었고, 내용은 한국의 역사와 문화, 경제 발전상, 국제 매너, 공산권 주민 접촉 시 유의사항 등이 쓰여 있었다고 한다.

그러나 세계적 추세와 시대적 물결에 따라 더는 국민의 해외여행을 막을 수 없었다. 결정적 계기는 1986년 제10회 아시안게임과 1988년 제24회 서울올림픽 유치 소식이었다. 올림픽 개최국으로서 대외 개방 정책을 추진하는 것은 불가피한 선택이었다. 정부는 1983년 1월 1일, 50세 이상 국민에 한해 200만 원을 1년간 은행에 예치하는 조건으로 연 1회 유효한 관광여권을 발급하기 시작했다. 1987년 9월부터는 관광여권 발급 최저연령을 45세로 낮췄다. 평화적 정권 이양과 올림픽의 성공적 개최로 자신감을 얻은 정부는 1989년 1월 1일부터 해외여행을 전면 자유화했다. 병역 등 일부 제한 조치가 있긴 했지만 정부 수립 후 처음으로 전 국민이 외국을 마음대로 드나들 수 있게 된 것이다. 해외 신혼여행과 대학생들의 배낭여행도 이때부터 붐을 이뤘다. 소양교육이라는 이름의 반공교육은 1992년까지 계속되다가 폐지됐다.

35년 전에는 남한도 여행이 자유롭지 못했다니 신기할 따름이다. 남한이 88올림픽을 계기로 더 자유롭게 되었듯이 북한도 꽁꽁 닫힌 문을 열 수 있는 기회가 하루 빨리 왔으면 좋겠다. 앞으로 35년이 지나면 북한도 자유롭게 여행할 수 있게 될까? 남한에서 1980년 5·18민주화운동이 일어났듯 앞으로 40년 사이에 북한도 민주화가 되지 않을까? 북한 사람 중에 자유를 싫어하는 사람이 있을 수도 있겠지만 적어도 그들에게 자유를 선택할 기회가 주어져야 한다고 생각한다. 자신이 살고 싶은 나라의 체제를 직접 선택할 권리가 그들에게 주어지는 날을 기다린다.

종북, 빨갱이, 이상한 책

모든 영역에서 남한은 북한보다 자유가 보장되어 있다. 그러나 더 자유로울 수 있는데 분단으로 인해 그러지 못한 부분이 상당하다. 그 예가 바로 '종북', '빨갱이' 같은 단어다. 이런 단어는 대부분 아무 근거 없이 사용된다. 단어 자체에 담긴 부정성이 너무 커서 누군가가 종북, 빨갱이로 불리면 이유도 묻지 않고 도망치게 된다. 그 사람과 내가 어울리면 나 또한 종북, 빨갱이가 될까 봐 두려운 것이다. 이른바 진보적 정치 성향을 가진 사람들 중에 종북, 빨갱이라는 지적을 안 받아본 사람은 흔치 않은 것 같다.

　　종북은 단어 그대로 북한을 따른다는 의미다. 빨갱이는 뜻을 쉽게 찾기 어렵다. '나무위키'에서는 빨갱이를 "공산주의자와 사회주의자를 경멸적으로 지칭하는 표현"이라고 설명한다. 설명을 보면 딱히 두렵지 않은데 나한테 그런 꼬리표가 붙는다면 얘기가 달라진다. 학교 다닐 때 친구들이 별명을 붙여주는 것도 난 딱히 좋아하지 않았다. 북한이주민에게 붙는 별명에는 조롱과 희롱이 섞여 있었기 때문이다. 종북과 빨갱이라는 용어는 남북이 서로 총을 겨누고 있는 상황에서 우리 속에 숨어 있는 적敵을 의미한다. 내부를 분열하거나 몰락시킬 수 있기 때문에 당장 축출해야 하는 대상이 된다.

　　남북 청년이 함께하는 독서모임을 만들고 얼마 지나지 않아 신영복 선생님의 《담론》이라는 책을 읽게 되었다. 책에 한자가 많아서 다 이해할 수는 없었지만 인생을 어떻게 살아야 하는지, 어떤 사람이 되어야 하는지, 어떤 지혜를 갖춰야 하는지를 배울 수 있었다. 예를 들면, 물과 같은 인생을 살아야 한다는 부분이 기억에 남는다. 물은 장애물이 있으면 싸우려 들지 않고 돌아가거나 감싸고 지나간다고 했다. 또 물은 상황에 맞춰서 자신의 모양을 유연하게 변경하고, 때로는 다른 갈래와 만나서 하나의 굵은 물길을 만들며 나아간다고 했다.

시간이 흘러, 그날도 남북 출신 청년 독서모임을 진행한 날이었다. 그날은 특별하게 나와 비슷한 시기에 남한에 왔고 북에서 온 많은 청년에게 아낌없이 도움을 주고 있는 든든한 선배, 주성하 기자님과 함께 저녁 식사 자리로 이동하고 있었다. 주성하 기자님은 북한이주 청년들이 예산이 없어서 다양한 커뮤니티 모임을 열지 못하는 것이 안타까워 사비로 종로에 오피스텔을 빌려주셨다(얼마 전 종로에 있는 모임 장소는 주성하 기자님 홀로 유지하기가 어려워 결국 문을 닫았다). 우리 독서모임은 그 공간이 마련되었을 때부터 이용했다. 기자님이 종종 모임 장소에 방문하시면 저녁 식사를 함께했다.

그날 주성하 기자님은 본인이 우리 독서모임에 종종 온다는 이야기가 퍼지면서 누군가 기자님 글에 "종북 빨갱이"라는 댓글을 달았다고 했다. 나는 황당해서 우리 독서모임에 오시는 것과 종북 빨갱이는 무슨 관련이 있냐고 물었다. 그것은 신영복 선생님이 흔히 종북 빨갱이로 불리고, 종북 빨갱이가 쓴 책을 우리 독서모임에서 진행했기 때문에 우리 독서모임은 종북 빨갱이 집단이고, 그런 독서모임과 친하게 지내고 공간을 제공하는 주성하 기자 또한 종북 빨갱이라는 말도 안 되는 논리에 따른 것이라고 했다.

나는 대한민국 사회에서 신영복 선생님을 그렇게 보는지 처음 알았다. 당시 남북 출신 청년이 반반 정도 섞여서 같이 식사 장소로 걸어가다 이 이야기를 듣고 남한 청년들이 더 황당해했다. 그중에는 정치색으로만 보면 보수인 청년들도 있었다. 하지만 단순히 신영복 선생님의 책을 읽었다는 이유로 우리 단체를 종북 빨갱이 집단으로 낙인찍는 것은 터무니없다며 대표인 나보다 더 화를 냈다. 남한 친구가 "여기 있는 북한이주민, 그런 사람들 아니다"라고 말해주는 것에 힘을 얻을 수 있었다.

신영복 선생님의 책을 읽기 전에도 단순히 남북 청년이 함께 모여서 책을 읽는다는 것만으로 의심의 눈빛을 거두지 않는 사람들이 많았다. 초기에 예산이 없어 모임 장소를 찾던 중 한 교회의 문을 두드리게 되었는데 목사님이 물으셨다.

도대체 이상한 책은 어떤 책일까? 우리가 읽는 책의 분야는 매우 다양하다. 대부분 스테디셀러나 베스트셀러를 읽는다. 《왜 세계의 절반은 굶주리는가》, 《홀로서기의 심리학》, 《정의란 무엇인가》, 《낭만적 연애와 그 후의 일상》, 《총 균 쇠》 등 모두 나열할 수 없지만 국가보안법에 저촉되는 책은 읽은 적이 없다. 우리는 남북 청년이 모였다는 것만으로 억울하게 오해받는 일이 많았다.

남북한걸음(현 유니피벗)에서 독서모임 책을 고를 때 가장 중요하게 생각한 것은 균형이었다. 정치 관련 책을 고를 때 진보적인 책을 하나 고르면 그와 반대되는 보수적인 책도 함께 읽어 균형을 맞춘다. 누가 보수이며 누가 진보인가도 중요하지 않다. 누군가에게 종북, 빨갱이와 같은 딱지를 붙여 그 사람이 하고 싶은 말을 막는다면 그것이야말로 자유라고 보기 어렵다. 유니피벗에서 하는 토론에서는 어떤 말도 할 수 있다. 만약 이치에 맞지 않는 말을 하면 누구든 논리적 반박을 피할 수 없다. 때로 서로 반대되는 의견을 피력하면서 토론이 후끈 달아오르기도 하지만 토론이 서로에게 상처가 되어 사이가 틀어진 적은 단 한 번도 없다. 만약 타협할 수 없는 사람과 만난다면 '아, 나는 이렇게 생각하는데 상대는 저렇게 생각하는구나'라는 생각으로 넘어간다.

전 세계 사람 모두가 북한을 방문할 수 있는데 남한 사람은 유일하게 북한을 방문할 수 없다. 물론 아직 공식적으로 전쟁이 끝난 것이 아니니 어쩔 수 없다고 할 수 있다. 또한 전 세계 어딜 가도 북한 웹사이트에 접속이 가능하지만 남한에서는 유일하게 북한 웹사이트에 접속할 수 없다. 북한 웹사이트에 접속한다고 해서 목숨이 위협받는 것은 아니니, 휴전 중이기 때문이라고 말하긴 어렵다. 북한과 사이가 제일 나쁜 미국에서도 접속이 가능하고, 일본에서도 가능하다. 북한에서 제공하는 정보를 보고 남한 사람들이 북한을 추종하게 될까 봐 우려하는 것이다.

이 같은 정보의 접근을 막는 근거는 1948년 재정한 국가보안법이다. 지난 76년간 세상은 몰라보게 바뀌었고 남북한 어디에서도 그때의 모습을 찾기 어렵다. 남한에서는 민주주의를 확립하기 위해 수많은 사람이 피를

흘렸다. 나는 남한 국민 전체가 독재는 답이 될 수 없음을 알고 있다고 생각한다. 남한 사람들이 북한에서 만든 영화와 뉴스를 보고 책을 읽는다고 해서 북한 정권에서 하는 말에 설득될 거라고 생각하지 않는다.

* * *

북한학을 하는 나도 북한의 《로동신문》을 읽다 보면 졸음이 밀려와 오래 읽지 못한다. 북한 정보를 무작정 막는 것이 아니라 개방하고 자유롭게 토론할 수 있어야 한다. 우리나라 국민의 민주시민의식을 믿어야 한다. 우리가 선제적으로 미디어를 허용하면서 북한 정권에도 남한의 미디어와 정보가 들어갈 것을 제안해야 한다. 남한도 통일을 지향하고 북한도 통일을 지향하니 서로 이해의 고리를 놓지 않도록 하기 위해 필요한 부분이라고 설득해야 한다.

다시 한번 말하지만 지금도 그렇고 앞으로도 그렇고 독재는 통일 한반도에 답이 될 수 없다. 북한에서도 자유와 민주주의를 자연스럽게 알 수 있도록 정보 유입이 필요하다. 우리 또한 언제가 될지 모르는 통일을 준비하기 위해 북한을 알아야 한다. 만약 지금처럼 서로 차단된 상황에서 갑자기 통일이 된다면 아주 작은 오해도 커다란 문제가 되어 사회적 갈등으로 확산될지 모른다.

넘어야 할 산이 정말 많다. 분단 이후 누적된 오해와 갈등은 분단을 유지하는 힘으로 작동하고 있다. 그럼에도 희망적인 것은 대한민국은 변화에 강하고 적응이 빠르다는 점이다. 전쟁으로 폐허가 되었던 곳이 선진국으로 변모했고, IMF로 무너졌던 곳이 기사회생했다. 정치적으로는 군부독재를 끝내고 민주화를 이룩했다. 경제·정치·사회적 변화를 빠른 속도로 경험했다. 남한의 '빨리빨리 문화'는 북한에도 있다. 한국전쟁 이후 북한에서는 하루에 1,000리를 가는 말처럼 열심히 일하자는 의미로 '천리마 운동'을 전개했었다. 그만큼 빠르게 전후복구를 하자는 의미였다. 사회 변화에 재빨리 적응하는 능력은 우리 민족의 특성이다. 북한도 기회만 마련된다면 남한과 같이 한순간에 빠른 속도로 변화를 겪게 될 것이다.

세계는 연결되어 있다. 정확히 얼마나 더 많은 시간이 걸릴지는 모르겠지만 북한도 세상 밖으로 나와야 한다는 것을 안다. 나는 남북한 통일에 찬성하지만 통일로

가기 전에 전쟁을 종식하고 남북이 교류하는 단계까지
만 가더라도 남과 북 모두가 얻는 이익이 상당할 것이라
고 생각한다. 한반도의 영향력은 점차 강해지고 있다.

　　　　　　북한과 남한은 각자 형식과
내용에서 차이가 있지만 통일을 당면 과제로 인식한다.
우리 청년들은 통일에 이토록 감흥이 없는데 왜 정치를
하는 사람들은 통일을 당면과제로 삼을까? 어른들이 말
하는 것처럼 우리는 원래 하나의 국가였고 한민족이기
때문일까? 그보다 더 핵심적인 이유가 있다. 한마디로
말해서 통일은 이익이 되기 때문이다.
　　통일 편익에 대해서 깊이 논의하기 시작하면 머리가
지끈거릴 수 있으니 최대한 간단히 이야기해 보자.

첫째, 국토가 넓어진다. 땅이 커진다는 것은 국력과 밀접한 관련이 있으며 안보에도 유리하다. 일본이 왜 그토록 오랫동안 그 작고 작은 독도를 자기네 땅이라고 우길까? 독도가 자기들 땅이라고 국민에게 홍보하고 교육하는 데 드는 비용도 만만치 않다. 게다가 한국과의 갈등으로 생기는 비용, 다른 나라들에 독도가 자기네 땅이라고 홍보하고 로비하는 비용 등을 생각하면 정확히 일본이 얼마를 사용했는지는 알 수 없으나 상상만으로도 상당히 많은 예산을 썼을 것이라는 걸 알 수 있다. 러시아도 마찬가지다. 크림반도를 차지하기 위해서 전쟁 위협, 국제사회의 비난도 감내했다. 그만큼 땅이 커지는 것은 중요하다.

둘째, 통일은 전쟁 종식을 의미한다. 종전이 아닌 지금과 같은 휴전 상태에서는 언제든 핑계를 만들어 전쟁이 가능하다. 안보의 관점에서 서로에게 총을 겨누지 않아도 되는 평화로운 환경이라면 국민이 더욱 안전하게 살 수 있고, 휴전국이라는 이유로 생기는 코리안 디스카운트가 사라져서 한국 기업에 대한 투자를 망설이던 외국인들의 투자가 활발해질 것이다.

셋째, 국민이 많아진다. 남한 정부는 출생률을 높이기 위해 다양한 복지 정책을 만들고 있다. 우리나라는 애당초 내수시장이 작기 때문에 기업들은 외국에 수출하는 전략을 취해왔다. 이는 수출길이 막히면 기업이 한순간 문을 닫아야 할 수도 있다는 뜻이다. 해외 수출에 의존하다 보면 외교에 있어서도 취약할 수밖에 없다. 중국 혹은 미국에 수출을 의존하고 있는데 어떻게 동등한 힘의 균형을 가지고 대화할 수 있겠는가. 미·중 관계가 안 좋을 때 서로 특정한 물품을 수입하지 않거나 수출하지 않음으로서 경제 보복을 하는 경우를 흔히 볼 수 있다. 미국과 중국은 내수시장이 크기 때문에 한동안 수출을 하지 않더라도 기업이 문을 닫아야 하는 상황은 벌어지지 않는다. 남과 북이 통일되면 내수시장이 커지고 기업은 새로운 성장의 기회를 갖게 된다.

넷째, 노동력을 확보할 수 있다. 대한민국 출생률은 2023년 1인당 0.7명까지 추락했다. 이는 경제협력개발기구^{OECD} 국가 가운데 가장 낮은 출산율이다. 노동 가능 인력이 줄어들면 기업은 외국인을 고용해야 하는 상황이 발생하고 문화와 언어 차이를 극복하기 위해 발생하는 비용은 기업과 국가가 부담해야 한다. 게다가 외국인 노동자들은 한국에서 번 돈의 상당 부분을 자국의 가족에게 보낼 가능성이 높다. 그러면 국내 소비는 줄고, 국가가 거두는 세금은 줄어들 수밖에 없다. 고령화 사회에서는 국가가 복지예산으로 써야 할 비용은 많은데 세수는 현저히 낮아서 국가 부채가 계속 늘어나는 것이 큰 문제다. 국가는 부족한 세금을 어디에서 걷을 수 있을까? 노동 가능한 인구가 적은 상황에서 기업의 세금 부담은 커질 수밖에 없다. 기업에게 더 많은 세금을 걷는다면 기업은 고용을 줄일 것이고, 상대적으로 월급을 많이 줘야 하는 국내 노동자보다는 해외 노동자를 채용할 가능성이 더 높아질 것이다. 그러다가 참다못한 기업들이 한국을 떠날지도 모른다.

　이러한 변화는 개개인의 삶에도 직접적인 영향을 미칠 것이다. 2023년 국민연금 재정추계전문위원회는 2055년 국민연금 적립기금이 바닥날 것으로 예상했다. 생산인구가 줄고 부양인구는 늘면서 국민연금 보험료를 납부하는 가입자는 줄고 연금을 받는 수급자는 증가하니 당연한 결과다. 현재 30대인 내 친구들도 우리가 늙어 은퇴할 때쯤 과연 국민연금을 받을 수 있을지에 의문을 제기한다. 의학계에서는 지금의 20~30대는 120세까지 사는 것이 일반화될 것이라고 말한다. 오래 살아도 돈이 없으면 문제다. 우리나라에서 매년 65세 이상 노인 3,500여 명이 스스로 생을 마감하고 있으며, 인구 10만 명당 노인 자살률은 39.9명으로 OECD 가입국 평균 17.2명의 두 배 이상이다. 노인 자살의 주요 원인은 '빈곤'이다. 한국의 노인 빈곤율은 OECD 회원국 가운데 가장 높은 것으로 나타났다.

다섯 째, 인재의 해외 유출을 막을 수 있다. 한국이 살기 힘든 곳으로 변할수록 인재 유출은 더욱 심해질 것이다. 능력과 실력을 갖춘 청년들은 한국을 떠나려 할 것이다. 그러면 남아 있는 청년들은 더욱 무기력해질 것이고, 그들의 경제적 부담은 더 커질 것이다.

마지막으로, 분단 유지 방위비를 줄일 수 있다. 2021년 주한미군 방위비는 1조 1,833억 원이다. 2025년에는 대략 1조 5,000억 원을 분담하게 된다. 한 번 나가고 끝나는 돈이 아니라 매년 1조 원이 넘는 예산이 주한미군 방위비로 지출되고 있다. 주한미군 방위비만 드는 것이 아니다. 윤석열 정부가 출범 1년 만에 미국 무기만 약 18조 원어치를 구매한 것으로 확인됐다. 한국 모든 대학생의 등록금을 반값으로 낮추려면 2조 8,000억 원이 든다고 한다. 남북이 통일되고 안보 문제도 안정된다면 주한미군에 쓰이는 방위비도 미국에서 무기를 사오는 데 드는 방산비도 대폭 낮출 수 있다.

이 외에도 분단된 현재 상황보다 통일이 남과 북 모두에게 더 큰 이익을 가져다줄 것이라는 데 동의하지 않는 학자를 찾긴 어렵다. 조지 소로스, 워런 버핏^{Warren Buffett}과 함께 '세계 3대 투자자'로 불리는 짐 로저스^{Jim Rogers}는《짐 로저스 앞으로 5년 한반도 투자 시나리오》라는 책에서 한국이 통일되었을 때 얻을 수 있는 경제적 이익을 자세히 서술하면서 "통일한국은 일본을 제치고 세계 2위 경제대국이 될 수 있다"라고 전망했다. 우리는 북한이 경제적으로 낙후하기 때문에 남과 북이 통일되었을 때 남한에서 모든 예산을 투입해야 하는 것으로 생각한다. 하지만 절대로 그렇지 않다.

현재는 북한에 대못 하나 못 들어가는 실정이다. 북한 정권이 하루빨리 지구상에서 사라져야 한다고 말하는 사람들이 있다. 만약 북한이 갑자기 붕괴되면 어떤 일이 벌어질까? 그때 가서 남한이 통일을 거부하면 북한은 어디로 가게 되는 것일까? 크림반도가 러시아에 속한 것처럼 중국과 합쳐질 가능성은 없을까? 56개 소수민족이 있는 중국, 그들은 북한과 가까이 위치하며 중국과 북한을 이을 수 있는 조선족이 있다. 물론 이는 하나의 시나리오에 불과하다. 하지만 중국의 움직임도 심상치 않은 것이 현실이다. 중국은 2022년 베이징 동계올림픽 개회식에 한복을 입은 공연자를 중국의 56개 소수민족 대표 가운데 한 명으로 등장시켰다. 한글, 아리랑, 판소리, 김치를 중국의 것으로 알리는 시도도 끊이지 않고 있다. 이는 중국의 동북공정 사업의 일환으로 봐야 한다. 자칫하면 '눈 뜨고 코 베인다'는 말이 현실이 될 수도 있다.

한국 정부 산하 무역진흥기구인 코트라KOTRA에 따르면 2022년 북한의 중국 무역 의존도는 96.7퍼센트로 사상 최고치를 기록한 것으로 나타났다. 최근 북에서 온 사람들과 인터뷰하면 북한 시장에는 온통 중국어가 쓰인 중국 물품이 가득하고, 북한의 농수산물도 중국으로 수출 안 되는 것이 없다고 한다. 코로나19가 터지기 전인

2019년 북한 영해에서 중국어선 수백 척이 불법조업을 실시한 것으로 관측되기도 했다. UN과 미국에서 시행하고 있는 대북제재로 인해 중국과 러시아를 빼고 북한과 무역을 하려는 나라는 없다. 이런 상황에서 북한은 살아남기 위해 중국에 의존해 자국의 자원을 헐값에 팔아서 연명하고 있는 실정이다.

* * *

북한의 경제가 완전히 무너진 다음에 통일하는 것과 그전에 미리 북한의 경제를 어느 정도 수준까지 성장시켜 통일하는 것 중에 남한에는 어떤 선택이 더 유리할까? 통일을 하지 않고 북한이 무너지든 말든 관여하지 않는 방식도 가능하지 않을까? 하지만 일본이 패망하고 떠난 후 조선이 무정부 상태가 되어 혼란에 빠질 수 있다며 소련과 미국이 나눠서 한반도를 통치했던 것처럼 북한에 다시 그런 상황이 생긴다면 북한 지역은 어느 나라가 통치하겠다고 나설까? 만약 그런 상황이 되어 중국이 북한을 차지한다면 남한의 안보는 과연 무사할 수 있을까?

그렇다면 한국을 떠나는 방법은 어떨까? 이민을 가

는 것이다. 하지만 아무리 예전보다 해외로 나가는 사람이 많다고 해도 한국에서 태어나 한국에서 교육을 받고, 한국에 가족과 친구가 모두 있는 사람이 다른 나라에 뿌리를 내리는 것은 쉽지 않다. 일단 비용이 많이 든다. 인종차별에도 노출되며, 평생 이방인으로 살아야 한다. 게다가 이민자는 원래 살던 국가의 국력이 약할수록 타국에서 환영받지 못한다. 그들은 텃세를 부리며 "너희 나라로 돌아가"라고 소리 지를지도 모른다. 완전히 다른 언어, 문화, 외모… 이 모든 것을 극복하기는 쉽지 않다.

　그래서 나는 한국 사회가 살기 어려운 곳으로 되기 전에 변화를 위한 노력으로 더 살기 좋은 곳으로 만드는 것만이 우리가 할 수 있는 최선의 선택이라고 본다. 거대한 대의를 위해서가 아니다. 북한 사람들의 인권을 위해서도 아니다. 우리는 한민족이기 때문에 통일을 해야만 하는 것도 아니다. 우리에게 가장 이익이 되는 선택이 통일이기 때문에 통일이 필요한 것이다. 여기서 말하는 통일은 급진적 통일이 아니라 몇십 년에 걸쳐 진행되는 점진적 통일을 의미한다.

　우리는 이미 분단국이자 휴전국인, 평화가 없는 곳

에서 태어났기 때문에 이렇게 사는 것에 익숙해져 있다. '고기도 먹어본 놈이 안다'는 말이 있다. 통일한국에서 살아보지 못했기 때문에 얼마나 많은 장점과 가능성이 있고 그 속에서 내가 누릴 수 있는 것들이 무엇이 있을지 상상조차 할 수 없다. 내가 북한에서 살 때 그곳이 얼마나 이상한 곳인지 몰랐듯이, 분단된 남한 사회가 얼마나 이상한 곳인지 남한에서 태어난 사람들도 알 수 없다.

독일에서 공부를 하고 온 김누리 교수는 분단이 한국 사회를 아주 기형적이고 병든 사회로 만들었으며, 한국인을 권위주의에 물든 독특한 성격구조를 갖도록 만들었다고 말한다. OECD 국가 가운데 15년간 자살률 1위였고, 노인 빈곤 문제는 노인 자살로 이어지고 있으며, 10~30대 사망 원인 1위가 자살, OECD 국가 노동 시간은 멕시코 다음으로 2위를 차지, 현재는 OECD에서 가장 아이를 낳지 않는 저출생 국가라는 점에서 한국은 국민이 행복한 나라라고 보기 어렵다고 한다.

김누리 교수와 마찬가지로 나 또한 우리가 겪는 다양한 고통과 사회문제를 점진적이고 평화적이며 모두에게 좋은 통일로 해소할 수 있다고 믿는다.

다른 포스트

뉴스레터 구독

어떤 불시착

22년 차 북한이주민 청년 대표, 우리가 선 경계 이야기

초판 1쇄　2024년 5월 30일

지은이　정서윤

펴낸이　김한청
기획편집　원경은 차언조 양선화 양희우 유자영
마케팅　정원식 이진범
디자인　이성아
운영　설채린

펴낸곳 도서출판 다른
출판등록 2004년 9월 2일 제2013-000194호
주소 서울시 마포구 동교로 27길 3-10 희경빌딩 4층
전화 02-3143-6478　**팩스** 02-3143-6479　**이메일** khc15968@hanmail.net
블로그 blog.naver.com/darun_pub　**인스타그램** @darunpublishers

ISBN 979-11-5633-614-3 03810

다른 생각이
다른 세상을 만듭니다